BREVES RELATOS, VIAJES BREVES

ExLibric

ÁNGEL MUÑOZ

BREVES RELATOS,
VIAJES BREVES

EXLIBRIC
ANTEQUERA 2025

BREVES RELATOS, VIAJES BREVES
© Ángel Muñoz
© del texto de sinopsis: Guillermo Palacio
Diseño de portada: Dpto. de Diseño Gráfico Exlibric

Iª edición

© ExLibric, 2025.

Editado por: ExLibric
c/ Cueva de Viera, 2, Local 3
Centro Negocios CADI
29200 Antequera (Málaga)
Teléfono: 952 70 60 04
Fax: 952 84 55 03
Correo electrónico: exlibric@exlibric.com
Internet: www.exlibric.com

ISBN: 979-13-87944-13-1
Depósito Legal: MA 1175-2025

Impresión: PODiPrint
Impreso en Andalucía – España

Nota de la editorial: ExLibric pertenece a Innovación y Cualificación S. L.

ÁNGEL MUÑOZ

BREVES RELATOS, VIAJES BREVES

Para mis acompañantes…

Metropolitan Egipto

No me enfadé ni una sola vez. Bueno, una, no quiero mentir. En el regreso, en el aeropuerto, con las tres veces que antes de subir al avión te exploran las maletas, un sinsentido que en el último pase me calentaron al volcarme la mochila de mano y esparcirme por el suelo las tontunas que llevaba en los recovecos de la mochila. El resto bien, como se espera de una ciudad árabe megapoblada.

Visitas a mezquitas, mejores o más impresionantes que otras; visitas a iglesias ortodoxas con creencias insanas sobre momentos de la historia subjetivados por esos líderes de postal y panfleto con fotos en carteles. También sinagogas con sus propios inventos hinchados y postulados para dar motivos a sus fieles en la fe. Me gusta, al menos, que entre esas tres «casas de fe» haya acuerdo de paz; en pocos metros cuadrados la religión no se pelea, no se mutila, no se escupe. Se respetan, eso es importante, y mucho, en una ciudad con 22 millones de personas.

Hace 50 años exactos, un patriarca ortodoxo comenzó la construcción o la excavación, según se mire, de un monasterio a los pies del Mokattam (montaña en El Cairo). Para llegar hasta ese lugar de paz y entretenimiento, tendrás que atravesar el barrio de la basura. Literalmente, el 80 % de sus habitantes reciclan toda la basura que les llega en camiones. Cuando la tienen separada, la compactan y nuevos camiones se la llevan para darle otra vida. No te das cuenta de lo que has visto hasta días después, recapacitas y todas esas imágenes que tu cerebro conserva las gestionas y tus ojos se siguen abriendo. Yo, particularmente, tengo una. Pasando por la calle de tierra, giré mi cabeza hacia una calle perpendicular y, en una primera planta de un edificio medio derruido de ladrillos, vi bolsas blancas gigantes acumuladas. Bajé la mirada hacia una mujer sentada rodeada de otras bolsas más pequeñas. De ellas sacaban restos de plástico mezclado con vete tú a saber qué y lo separaba mirando al que parecía su marido, compañero o hermano… Ahí sí que dije, ¡¡¡dios!!!

Volviendo al monasterio de San Simón el Curtidor, como decía, a los pies del Mokattam, montaña de piedra caliza con cortados impresionantes. Para mí, más que un monasterio, es un complejo masivo familiar cristiano ortodoxo (hay hasta una tirolina). Tiene varias iglesias instaladas en cuevas, las dos más impresionantes, que soy capaz de llamarlas catedrales, tienen una capacidad, sumando las dos, de 25.000 personas, sobre todo la primera que encuentras, la dedicada a San Simón y a la Virgen

María. Tiene asientos que recuerdan a un auditorio de cuarto de círculo en el que pueden sentarse a escuchar la misa 20.000 personas. Las paredes de piedra están talladas de imágenes que imitan escenas de la Biblia y en el centro, justo encima del altar, tiene la escultura de Cristo. No digo más, es una de esas excentricidades que solo se llevan a cabo gracias a la religión y, por supuesto, al dinero.

Hablamos de El Cairo, Egipto. Urbe interminable a vista desde su fortaleza. Solo la arena del desierto es capaz de limitar con líneas perfectas las construcciones y ahí, hacia el noroeste de la ciudad, entrando en la boca de la arena amarilla, se perfila esa maravilla del mundo antiguo. Es así de verdad. Es una visión incansable, no puedes parar, no te lo puedes creer, están ahí y se mantendrán ahí. Así lo quisieron los faraones, por eso las idearon y mandaron construir, querían seguir vivos después de la muerte, acompañarnos a miles de generaciones posteriores y enseñarnos su megapoder omnipresente. Era su puerta hacia el hogar de los dioses, lo tenían claro; allí debían descansar sus restos. Las pirámides de Guiza con ángulos perfectos de 51 grados y sus aristas alineadas con los puntos cardinales hacen que nuestra civilización se cague (literalmente) encima. Son emblemáticas, majestuosas, sobrecogedoras. Lo único que puede enturbiar o empañar la visita somos nosotros mismos con nuestros quehaceres del mundo moderno. No se me olvida la esfinge desenterrada, mitad león, mitad faraón, acompaña a la pirámide, se supone que a la de Keops, la más grande. Su hijo también se hizo una, la única que en su coronilla mantiene el lustro de su época: lisa y pulida, para que la luz del sol la haga brillar como a las estrellas.

El Cairo, el caos, deriva del griego y se refiere a lo impredecible. Es la complejidad de la supuesta causalidad. Es imposible saber lo que sucederá por la cantidad de variables que pueden llegar a afectar; es un sistema caótico en el que cualquier fenómeno, por insignificante que sea, tiene el poder potencial de desencadenar una ola de acontecimientos que alteran el sistema completo. Aquí hay muchos ejemplos de caos, simplemente intenta cruzar una calle, súbete a un *rickshaw* o entra en un mercado callejero.

Andar por el centro de El Cairo a partir de las seis o siete de la tarde es una aventura. Hay tanta gente que tienes que desplazarte de las aceras a la calzada en muchas ocasiones para poder pasar, sobre todo cuando encuentras un lugar de comida. Nosotros entramos varias veces a uno de esos restaurantes y la verdad es que se come especial y barato. Sales y prefieres seguir caminando hasta ver qué pasa y de repente te encuentras debajo de un Scalextric con varias alturas.

Estás debajo de toneladas de hormigón cruzando la calle entre coches, motos, carros e infinidad de ruidos. En la mediana paras porque resulta que han sacado percheros-burros repletos de ropa, cientos de ellos ocupando carriles para vehículos, y compras barato ropas de marcas mundiales. Sigues, y más burros; cruzas, y más burros; te detienes y te das cuenta de que la garganta está seca y confusa por la polución. Ahora es cuando piensas en coger un taxi para ir al local de turno que decidiste visitar, pero no hay, solo furgonetillas que paran, y te subes. Así hicimos: subimos reclamando el barrio de Zamalek; con la mano te hace el gesto, te sientas pensando: ¿a dónde iremos? La rampa nos conduce hasta uno de esos Scalextric con cuatro carriles de ida y otros cuatro de vuelta; alguien se apiada de nosotros y nos pregunta el punto exacto que buscamos, nos avisa de la parada, bajamos y eso no es una parada, es una trampa. ¿Ahora cómo escapamos de aquí? Vemos cómo las personas cruzan sin temor, pero nos negamos y buscamos una alternativa. Saltamos un muro divisorio, y de las escaleras que bajan a tierra firme nos separan tres carriles, pero con menos tráfico. Nos tiramos a la piscina agarrados de la mano y lo hacemos; hemos cruzado sin pena.

El Cairo no es peligroso. Los egipcios no tienen mala fe, intentan sacarte la pasta, pero para eso estás tú para regatear siempre y si no tienes ganas, regatea, baja el precio a menos de la mitad de lo que digan.

Si te gusta la cerveza y accedes a ella, tómate dos, porque es probable que no la veas más. Tómate el tiempo que haga falta y observa cómo pasan autobuses repletos de turistas por callejuelas del bazar.

Recapacita y piensa: el porqué de que muchas frentes varoniles tengan costra o cómo es posible que la arquitectura del viejo Cairo sea tan bella, pero tan descuidada, destartalada y tan poco mantenida.

No tengas miedo de entrar en los edificios, porque el exterior no corresponde nunca con el interior. Lleva papel en la mochila por si el apretón hace que tengas que utilizar el agua y la mano.

Disfruta El Cairo a cada, de forma natural, sin ideas predeterminadas y con objetividad.

Una hermosa tarde

Una hermosa tarde haciendo recados, moviendo los músculos y ejercitando el cerebro. De camino al lugar escucho entrevistas, la de hoy ha sido la de Diego Cortés. Es increíble lo plomiza que cae su voz. Habla muy claramente, con una decisión inusual en un ser humano que no prepara el discurso, oírle rechina su virtud.

Sí, es la radio la que acompaña mi tránsito. RNE es una gran amiga, igual que la que llevo de copiloto. Esta segunda es especial, nunca nos separamos. La conozco antes de tiempo; fue una herencia obligada que manejo desde hace dos años. Es caótica, intransigente, obscena, fría y dictatorial, así me pareció cuando la conocí. Los primeros días dejé que actuara, más adelante hice lo posible para comprender por qué había sido yo el elegido, qué tenía mi persona de emocionante o de curiosa para tener el privilegio de acariciar esa verdad tan desconocida.

Continuamente rebosa mi sangre. La siento ardiendo dentro de mis arterias. Las acciones de mi trabajo se hacen espesas. Padezco un continuo letargo, convulsionado con hilos de luz, una luz brillante que no deja ver.

Al lado siempre me acompaña mi gran amiga, esta vez sentada, subiendo y bajando la ventanilla de la Berlingo. La verdad es que hablamos poco, normalmente hace ruidos onomatopéyicos para referirse a una situación o a una persona. Estoy acostumbrado a comunicarme así. Estos dos años en su compañía me he sentido bien. He podido, por fin, dejar de fumar, de beber y sobre todo de machacar a mi pareja. Estaba tan estresado en el trabajo, me metían tanta presión, que llegar a casa era mi huevo con patatas fritas; mojaba hasta que explotaba la yema empapando las patatas, dejándolas blandas, llorosas y cautivas de mi malestar. Ahora floto en mi trabajo; lo hago sin presión, es como si no tuviera nada que perder, ni nada que ganar. Es liso, plano, llano y, si no fuera por mi amiga, monótono y sin sentido.

Esa tarde tan hermosa mi amiga coló un CD de Zoé olvidado en la guantera. Dejamos nuestros propios asuntos para ocuparnos de las melodías sinceras de este fantástico grupo mexicano. Yo susurraba los temas y mi amiga movía su cuerpo astillado con fantasía. Dejó apoyado su instrumento mortecino para mezclarse entre mis palabras, que no son mías. Pienso que, esta hermosa tarde, hace dos años que la conozco; que, como a toda persona, me parece que fue ayer cuando la vi por primera vez entrando descaradamente en mi Berlingo sin previo aviso, con una sonrisa sarcástica, sin invitarla, pero sin poder evitarla. Fue una obligación impuesta por nadie, sin nadie a quién alzar las quejas. Su fuerte olor me lo tuve que tragar y lo sigo masticando hasta esta hermosa tarde que me encuentro con vosotros. Y me explicáis, como si yo fuera un niño, que estos dos años no existen, o por lo menos no en un tiempo real. Que esta hermosa tarde es la misma que la de ayer y que será la de mañana; que a vosotros también os pasa, que también tenéis una amiga que os acompaña siempre, que es una muy buena amiga y que lo mejor es aceptarla, hablar con originalidad de ella. Me decís que yo no estoy, que no existo, que dejé todo esa tarde tan hermosa cuando mi Berlingo volcó, y que me dé cuenta de que todo se acabó, que me vaya feliz y sin sombras.

Circo, valle y ella

Mis ojos se han quemado. No veo nada. Tengo las pestañas congeladas y el pelo se me rompe; la mandíbula hace tiempo que dejó de tiritar, y se me ha secado la garganta. La saliva no pasa, se atasca y no puede salir por las papilas. El hombro con el que me apoyé en la caída no me molesta, pero es que el otro tampoco. Creo que mis nervios han dejado de controlar los músculos. El corazón lo oigo y lo siento más que nunca, creo que por eso tengo la certeza de estar viva.

Aún tengo la cuerda a mi lado, podría intentar alcanzarla, atármela al cuerpo y conseguir bajar; sé que cuando toque el suelo podré arrástrame y cubrirme de este viento gélido. La niebla ha tapado el circo y la nieve lo cubre todo. Sé dónde estoy, pero no tengo fuerzas suficientes. Saco el teléfono de mi pechera para pedir ayuda, me cuesta horrores encontrar una simple cremallera. Meto la mano en el bolsillo interior y froto mi cara y mis ojos para intentar ver la pantalla, me encuentro una galleta que me guardé después del café de la mañana y me la meto en la boca con el plástico que la guarda, se abrirá con los incisivos. Escupo el plástico y mastico con dolor, pero el azúcar se pega a mi lengua y comienzo a toser. La saliva fluye y la trago sin dejar que se escape nada.

Alcanzo a ver la pantalla, pero los guantes no me dejan. Tiro de ellos con los dientes hasta zafarme, desbloqueo el teléfono y marco el uno, uno, dos. No consigo articular palabra y solo alcanzo a provocar más tos. Mis movimientos hacen que mi cuerpo resbale sin poder sujetarme. Intento agárrame a la cuerda tirándome hacia ella con todo mi peso y caigo. ¿Hacia dónde?

Segundos de caída libre, pero horas de recuerdos. Hijos, sus caras saliendo de la piscina, sus ojos verdes, sus palabras de mamá te quiero mucho, sus abrazos porque sí, sus lágrimas de ira y frustración, sus bailes en el salón de casa, sus risas de ilusión, sus juegos en el bosque alrededor de los pinos, robles y agua. Sus pedaleos rápidos por Rascafría con su padre corriendo detrás. Mi hombre, los besos y abrazos, su olor, su valentía para cambiar de vida, su persecución de la verdad y la honestidad, su relación con la naturaleza y con el valle que ama. Su respiración cuando me recuesto sobre él, sus latidos, que van al tiempo que los míos, despertándome en esos segundos de caída.

Vuelvo a notarme. No he muerto. O había muerto y mis recuerdos me han resucitado. Me chequeo el cuerpo, la cuerda se enredó entre mis muslos y me sostuvo del primer impacto, luego caí al llano sobre turberas, ahora blancas, que amortiguaron el golpe. Aún vivo. Mi pierna me duele, quiero llorar, pero no salen lágrimas. Quiero salir, quiero que me saquen de aquí, intento gritar, pero no hay más sonido que el del viento rozando las rocas graníticas del viejo glaciar, silba y se adentran en lo más profundo de mí ser. Consigo arrastrarme con un brazo y con una pierna hasta apoyar mi espalda en una roca. Retomo mis síntomas: hombro derecho dolorido, la pierna izquierda y su rodilla imposible de mover, contusiones en todo el cuerpo, pero es la cabeza la que me roza la explosión, me desmayo con un pitido sordo en los oídos.

El pitido continuo trae consigo palabras de mi madre al comenzar nuestra aventura en la Sierra de Guadarrama. No querían ellos, ni nadie, que cambiáramos la ciudad por el pueblo, no querían que viviéramos una vida como la de ellos. Pero no se daban cuenta de que la vida alrededor de las montañas, aunque las tengas a la espalda, es real. Sus olores son reales, el tacto del verde y la serenidad que aporta. La corteza gruesa y retorcida del Tejo, la cresta cincelada de Claveles, el hueco secreto de la Cueva de la Mora, la captura de un parasol, de un boletus o de un níscalo.

Millones de años han pasado y han esculpido este circo. Lo admiro y contemplo cada día que vengo, que me cuelgo de él. Las morrenas sirven de mirilla hacia el amplio valle, el Valle del Lozoya. Veo los pulmones de Las Cabezas, la cornisa de Bailanderos. Veo el amarillo intenso de los piornos en flor del Puerto de la Morcuera. Los cielos cada día dibujan con las nubes formas y figuras. El sol las transporta hasta donde viven los dioses, ellos escupen su saliva roja, amarilla y naranja hacia el firmamento para que los mortales con suerte de vivir entre estos montes contemplen su asqueroso espectáculo.

Veo su enfado; me miran, me llaman, se ríen y me susurran que siga, que me mueva, que sienta de nuevo, que tenga esperanza.

Abro los ojos. La niebla se ha levantado; veo agua y la siento en mis palmas. Veo el *glamour* de los pocos pinos que viven aquí, rapados a la mitad por la agresión constante del viento. Repto boca abajo como hace la salamandra y el lagarto verdinegro.

Quiero acercarme al chozo de vigilancia, se dónde está, lo he visto muchas veces. He pasado por él y he hablado con los vigilantes cada día que subo a escalar, allí deberían estar. Están preparados y tendrán alguna forma de socorrerme.

Me muevo por inercia, es como si mis recuerdos del valle y de mi familia me hubieran dado ese golpe que dan los tenistas con la raqueta al sacar. Mis pensamientos siguen ayudando a calmar el dolor en mi cuerpo. Aparece la ira y la frustración. No tenía que haber venido hoy, no era necesario. El ser humano nunca se satisface y las pocas veces que consigue la sensación de victoria no tarda en desaparecer. Creemos estar por encima de la naturaleza, que tenemos control sobre todo.

Si no hubiera venido, esa pared, este frío. ¡¡Un zorro!! Viene hacia mí. Comienza el olisqueo en círculos, me rodea, va dando saltitos con sus ágiles patas, se acerca más, el pelaje ondula con el aire, es rojizo. Sigo tumbada boca abajo arrastrándome entre los enebros rastreros. Lo tengo a mi lado, es muy raro que un animal tan huidizo este aquí, al lado de una persona. Veo sus dientes afilados sobre mi cabeza, comienzo a tener miedo. Pero…

Me agarra de la capucha y tira de mí con fuerza, no está solo. Otro muerde de la muñeca y tira a la vez. Me arrastran con poder, con la energía que a mí me falta. Me ayudan, me están llevando hacia la salida. Escucho un ruido y desaparecen. Veo uniformes, una persona avanzando hacia mí, siento que me agarran, me tocan, me dan la vuelta y después de envolverme, me tumban en una camilla…

Hasta ahora, que escribo esto, doy las gracias a la montaña por dejarme vivir, a los dos zorros que me salvaron y a mi familia por acompañarme en esta tortura.

Entrevista en Bristol

Tenía todo preparado, me marchaba. Llevaba tanto tiempo intentando conseguir ese puesto que toda la presión me llegó de repente. Había pasado cuatro años estudiando, utilizando los fines de semana para trabajar y ahorrar para, llegado el momento, poder pagarme el viaje y la estancia en Bristol, al menos durante un par de meses.

Reservé el YHA Bristol, estaba céntrico, frente al río Avon. Tenía que compartir habitación con otras cinco personas, pero no me importaba. Llegué sin problemas desde el aeropuerto, dejé mi mochila en la taquilla y antes de colgar la camisa la planché en el *lobby*. Llamé a casa para confirmar que había llegado y me dispuse a darme una vuelta por la ciudad. Me apetecía tomarme una pinta solo, como cualquier inglés, en algún bar cómodo.

Allí estaba yo, en ese bar con mesas de madera, con pantallas de TV sin volumen, con fútbol en directo y buena música. Pedí una pinta de Guinness, unos panchitos y agarré algunas postales con publicidad de eventos y bares raros. Mi inglés era correcto y pregunté al barman por la dirección a la que tenía que ir al día siguiente. Ya sabía cómo llegar, pero quería conocer el acento que manejaban, entrenar un poco el oído antes de la entrevista. Me terminé el par de pintas y volví al albergue para cocinarme unos macarrones e irme a la cama.

Me puse los cascos para escuchar un poco a The Who, Talking Heads, Boney M., etc. Así me dormiría sin oír ruidos extraños. Mi pensamiento me llevó a imaginarme ya dentro de Kona, la empresa por la que estaba allí. Estaba considerada una empresa en crecimiento, ahora llegaban a los cincuenta empleados, pero cuando la conocí eran dos personas las que manejaban la idea. Se dedicaban a la ingeniería industrial, fabricaban robots para hacer tareas domésticas, pero uno de sus departamentos estaba especializado en la innovación y el desarrollo de los mismos para utilizarlos en el campo de batalla. Ahí es dónde me quería colar. Caí rendido.

A la mañana siguiente, prontito, baje a desayunar, un buen café y tostada. Subí de nuevo y me duché y me afeité. Después fui a mi taquilla a colocarme la camisa y el traje. Iba muy bien de tiempo, la entrevista era a las 12:00 y no llegaban a ser las 9:00. El desplazamiento en bus hasta el polígono me llevaría veinte minutos.

Pero mi traje no estaba. La taquilla abierta me descompuso. Al darme la vuelta para chequear en mi cama, lo vi: lo llevaba puesto un orangután dormido en una de las literas. Estaba roncando como una bestia y, además de arrugado, tenía vómito reseco.

—Me cago en tu puta madre —solté, gritando.

El orangután abrió un solo ojo, pero lo volvió a cerrar rumiando con la boca.

—Serás hijo de perra —volví a la carga. Pero nada. Se lo quité, le dejé en pelotas y supe que esa imagen se me quedaría grabada hasta mi último aliento. El traje lo metí en una bolsa, me vestí con unos vaqueros y un polo. Salí del albergue directo a una lavandería y me confirmaron que estaría listo en menos de una hora, aún tenía tiempo para volver, vestirme y coger el bus.

Decidí pasarme por Park Street, la calle comercial de la ciudad, para comprar una camisa por si en la lavandería hubiera habido algún problema. Compré una camisa lisa gris, la más barata, me estaba pasando ya un poco del presupuesto diario, pero tenía que hacerlo.

Volví después de cuarenta y cinco minutos a la lavandería y me dieron el traje en perfecto estado. Subí al albergue, me vestí y salí escopeteado para agarrar el bus. Llegué aún con tiempo suficiente como para meterme en un bar a por algo de beber, estaba sediento. ¡¡Puta madre que lo parió!! Esto sí que no lo podía reparar, ni arreglar, ni solucionar. Cuando fui a beberme el Aquarius, el borde del vaso chocó con mi paleta, sonó un crac y mi precioso diente se me quedó en la boca, lo saqué y fui al baño corriendo, me limpié la sangre enjuagándome la boca. Vaya careto, no me lo podía creer, alguien estaba jugando conmigo. Recapacité unos minutos, me miraba cerrando la boca y luego hacía que hablaba, se notaba un montón, era imposible que no se dieran cuenta. Metí el diente en el bolsillo, pasé a terminar la bebida y los nervios me hicieron pedir un chupito de Jack Daniel's, así me relajaría un poco, lo fui a coger y se me cayó la mitad en la manga. Esto no me podía estar pasando, ahora olería a *whisky*, vaya gilipollas. Pedí al camarero, por favor, que me prestara servilletas y alguna colonia que pudiera esconder ese olor.

Era un edificio de oficinas. Pregunté al portero por Kona y, un poco sorprendido, me imagino que por mi careto o por el olor fuerte que desprendía, me indicó el ascensor y la planta dónde debía parar. Pues allí me planté quince minutos antes. Esperé, ojeando una revista, a que me llamarán. No hacía más que cerrar la boca e intentar que no se me notase, para esto no me había preparado.

Entré en un despacho cuando me llamaron. Una chica me ofreció algo de beber y la silla para sentarme, rechacé el café con un gesto y posé mi culo después de ella. Comenzó a preguntarme por cosas personales, como dónde me hospedaba, con quién vivía… Soltó que había estado de vacaciones en Mallorca y su cara al ver la mía se fue torciendo. Solo contestaba con monosílabos o como mucho dejaba que mis comisuras subieran hasta el punto justo para que no se me vieran los dientes. Como no le seguí el rollo comenzó la entrevista, pero justo antes le expliqué lo sucedido con mi diente.

No dijo nada y con gesto serio siguió con las preguntas. Contesté todo con profesionalidad y después de unos veinticinco minutos me dijo que pasaría a otro despacho para la entrevista práctica. Antes de pasar, volví a insistir en mi diente y ahora se lo enseñé. Ya de pie, indicándome el camino, le saqué el diente del bolsillo interior de la americana, arrastrando con él una bolsita cuadrada plana plateada que cayó al suelo. Un puto preservativo del orangután. Lo pisé, tapándolo con la suela del zapato lo más rápido que pude. Nos miramos, y por fin mi mente dejó de pensar en mi boca. Abrí la boca riendo, con la consecuente imagen de mí sin diente y con unos colores rojos en las chapetas de mi rostro. Horrible, vaya aspecto, vaya imagen, vaya olor… Me agaché sin dar más explicaciones y accedí pidiendo permiso al otro despacho, la chica flipó. Entró ella primero y me presentó al encargado del proyecto de ingeniería.

Después de una hora de entrevista con malas sensaciones me dijo que pasara otra vez al anterior despacho y que dejara los *tickets* de lo que me había gastado viniendo a la entrevista. En Inglaterra suelen pagar los gastos ocasionados a los aspirantes a un puesto de trabajo.

Me pareció un poco feo y les dije que no hacía falta, pero insistieron y pasé a otro despacho. Les dejé el *ticket* del bus, el *ticket* del albergue, el *ticket* de la lavandería y les pedí si era posible que me pidieran cita con el dentista del seguro para que me arreglaran el diente. Ya no tenía nada que perder: mi entrevista había sido un fracaso, y si por lo menos sacaba el arreglo, pues algo me llevaría.

Me quedé unos meses más en Bristol, trabajando de camarero. Allí me dejaron actuar como monologuista, contaba la historia de mi entrevista una vez a la semana y, por casualidad, una de esas tardes el jefe de Kona entró al bar y me escuchó. Al terminar la actuación se acercó a mí y me propuso para el puesto. Muy fuerte, lo conseguí y aún sigo trabajando aquí.

Bajo la cama

Las aceitunas crecen debajo de la cama. También, ahí abajo, nacen los bolígrafos, algunos Playmobil, peluches y hasta calcetines. Que se lo digan a mi hermana o a mis padres. Además, grandes arqueólogos, como Indiana Jones, han encontrado tesoros perdidos como el anillo de oro de Michael Jordan. No estoy 100 % seguro de si pasa en todas las camas, pero lo que está claro es que en la mía sí.

Tengo una cama grande, con cuatro patas de metal. De una de esas patas se acuerda mi dedo del pie, se pegó con ella un día que no quería dejarme pasar, el dedo se convirtió en un globo colorado, pero la pata quedó corta y tuve que poner un adoquín de piedra para que la cama no bailara.

Solo tengo que irme a dormir, apoyar la cabeza en la almohada, siempre con la luz apagada y esperar… Suenan unos golpecitos: tres, suaves y rápidos. Cuatro muelles caen pegados a las patas y estas encogen. La cama se tambalea un poco, como si estuvieras en una pedaleta en el mar, de esas que tienen tobogán. Este momento es el más tenso, podría compararlo con el instante mismo en el que te ves subido a un coche de una montaña rusa en el punto más alto y solo queda caer y esperar que todos los mecanismos funcionen. Importante es no gritar, sobre todo para que nadie en casa se entere de tu escapada nocturna.

Los engranajes encajan. Siempre pienso lo mismo: esta noche aprenderé. Esa es mi tarea. El colchón es tu protector, porque la rampa por la que te deslizas destrozaría el pijama y después tu piel. Tus ojos cerrados tiran hacia arriba y la mente despega dejando el cuerpo ahí tumbado, es como si un chupón o desatascador se te pegara en el cráneo y comenzara a succionar el cerebro hasta llevárselo por esa rampa casi infinita.

Llegas a una piscina que suaviza la velocidad, pero poco a poco avanzas por un canal que sale de una de sus esquinas. Estoy rodeado de árboles, pinos y secuoyas gigantes, parece que te abrazan. El canal atraviesa, esquivando troncos y arbustos con frutos naranjas, rojos y violetas. Es de día porque hay claridad, pero no se ve el sol, los árboles lo tapan. Mi sensación es de libertad total. Mi cuerpo está en forma, no me canso nada, escucho todo, parece que tengo poderes. La caída al suelo de un fruto, el movimiento de las acículas del pino frotándose con el viento. Es una experiencia muy satisfactoria. Paso, aún montado, en mi barco-colchón, por un robledal muy joven. Me visitan algunos insectos, parece que me miran y hablan entre ellos. Ya no veo que el canal por dónde navego continúe, el agua desaparece en una especie de paso canadiense y ahí es dónde freno. De un lateral del barco-colchón se abre un cajón, que no sabía que tenía, hay una mochila que reviso, está preparada para casi cualquier cosa, creo que debo ponérmela y caminar. En un bolsillo secreto encuentro un plástico que protege un plano, o mejor, un mapa. Veo el punto dónde me encuentro y el camino al que dirigirme. Parece que el croquis dibujado en el plano me adentra hacia el lugar de dónde vengo. Sigo caminando, despejando con un machete la vegetación que se come mi sendero. En una de esas lanzadas, el machete para contra una roca, hay un muro rocoso tapado por la maleza que comienzo a vislumbrar. Corto tallos y descubro una boca en la roca, un agujero de dimensiones tremendas. El olor de la brisa fría que sale de esa cueva es nauseabundo, fétido… Es la primera vez que un escalofrío me recorre el cuerpo de arriba abajo.

Hace muy poco vi una peli en la que un grupo de expertos aventureros buscaban los restos de una expedición que buscaba tumbas antiguas. Estos no buscaban tumbas, querían saber qué pasó con los hombres que las buscaban. Nunca se supo de ellos, pero lo peor es que tampoco se han encontraron los restos de los segundos buscadores; se sabe que de esa cueva no salieron porque después de varias décadas apareció el diario de uno de ellos.

Puede que sea mejor esperar y venir aquí cuando tenga visita en casa, así tendré compañía. Pero claro, no voy a traer a cualquiera; tengo que elegir bien a la persona, pero no sé de ningún amigo que sepa cómo hay que adentrarse en una cueva, y menos que contenga el sentimiento del miedo a lo desconocido. Me lleno de valor, recojo algunas ramas secas y enciendo una cerilla. Hago una chasca para tener un punto desde donde guiarme. La luz del fuego me deja ver las paredes de la cueva, aunque también hace que las sobras creadas por la luz se muevan y retuerzan dando una imagen a veces monstruosa. No veo el final, vuelvo a mirar el mapa mientras tomo un sorbo de agua. Interpreto en el mapa que tengo que atravesar esa cueva. Me incorporo, echo más troncos a la lumbre y saco de la mochila una linterna. Hago un primer intento, esperando que la inseguridad se diluya. Ilumino un estrecho sendero de guijarros que serpentea entre grandes rocas negras. Me abrigo y tapo mi boca y nariz con un pañuelo, el olor es insoportable. Escucho mis pisadas al andar, pienso continuamente que tengo el control, que lo único que me da miedo es lo desconocido. Me siento bien y sigo caminando. Al echar la vista atrás veo una miajilla de luz de la hoguera. He avanzado bastante, unos trescientos metros calculo.

Alzo la voz; grito «¡no!» cuando el camino deja de ser camino y para continuar debo escalar una roca negra. ¿Para qué voy a seguir? ¿Hasta dónde tengo que llegar?

Ilumino el techo y montones de ojos cristalinos recogen la luz. Se mueven todos a la vez y caen hasta casi el suelo en un gran remolino acompañado de chillidos, se hacen una bola compacta, pero en movimiento. Algunos caen a mi lado y comprendo al verlos que son murciélagos, se recuperan y vuelven a la curiosa melé. Yo sigo sentado en el suelo con la espalda apoyada en la roca que debía escalar. Apunto mi linterna de nuevo hacia la bola animada, el estruendo es ensordecedor, no parece que vayan a moverse de allí y me tumbo de costado sobre los guijarros que antes pisaba, quiero coger un buen puñado de ellos para arrojárselos y que termine esta pesadilla, pero lo que me encuentro es una cuerda roja debajo. Voy tirando de ella y de rodillas persigo su dirección, me lleva rodeando la roca hasta un pequeño agujerito en la pared, lo ilumino e intento, agachándome, ver lo que hay detrás. La cuerda atraviesa el agujero. Dando golpes con el puño lo rompo para hacerlo más grande, vuelvo a mirar y, sin tener que usar la linterna, reconozco lo que hay detrás. Meto el brazo, algo me lo agarra y tira de mí con fuerza, se desprende parte de la pared con el paso de mi cuerpo.

Besos en las mejillas y en el cogote, voz grave cuchicheándome al oído… ¡Venga, arriba, a levantarse que ya es hora!

Herencia

Después de la muerte de mis abuelos, comenzó la recogida de sus enseres. Ese domingo de mayo, los cinco hermanos decidieron volver a verse para recuperar los recuerdos que aún conservaban los abuelos en casa.

Los cinco, de mayor a menor, Jesús, Leticia, Bárbara, Ángel y Tomasito, fueron sin parejas y sin hijos. La herencia ya estaba repartida según el testamento, pero la ropa, los muebles, las joyas… aún se mantenían intactos. No hizo falta hablar entre ellos para que resurgiera la nostalgia de la pérdida. Ángel fue directo a la cocina, su madre tenía buenos cuchillos y los quería utilizar en su restaurante. Jesús y Leticia fueron a la cómoda de la habitación principal para recuperar fotos y recuerdos. Bárbara se sentó en el sofá orejero desgastado por el cuerpo de su padre y no dijo palabra, deslizaba una y otra vez sus manos en los reposabrazos, fingiendo un contacto real con su padre. Tomasito se encaminó a la biblioteca con una caja y fue metiendo los libros que más le emocionaron en su juventud.

Cuando llegó mi padre a casa dejó, lo que había recuperado para que lo viéramos y me llamó la atención un maletín rojo muy pesado. No lo había visto en mi vida y mi padre tampoco. Intenté subirlo a la mesa del salón y su peso me lo impidió, le pedí a mi hermana ayuda y entre los dos conseguimos levantarlo y apoyarlo en horizontal sobre la mesa. Los dos curiosos, de rodillas, nos miramos y antes de abrirlo comenzamos a hacernos conjeturas sobre su contenido. Fue gracioso y divertido el imaginarse que habría dentro. Una máquina del tiempo, un tocadiscos, unas pesas, un muñeco diabólico...

El maletín tenía un código de cuatro dígitos, pero ya estaban marcados cuatro ceros y pensamos que los abuelos no habrían hecho muchos cambios en la combinación, así que apretamos los botones de apertura y, zas, se abrió. Dentro, apoyada en módulos de terciopelo, se encontraba una cubertería de oro, al verla, se nos abrieron los ojos y nos miramos alucinados. Rápidamente, llamamos a mis padres y nos sacaron del estupor tocándola y afirmando que solo estaba bañada en oro.

Tenía varios pisos y entre uno y otro encontramos una nota firmada por mi abuelo. La lee mi hermana:

Esta cubertería la dejo sin usar. Es preferible, ya que no sabemos de dónde viene y la información que he podido obtener sobre ella no otorga confianza. La vida es un viaje; si no lo haces tú, no habrá otro que lo haga por ti.

Vuelvo a leer la nota manuscrita. Es contradictoria, no quiere que la usemos, pero a la vez invita al viaje. No decimos nada a nuestros padres. La guardamos y cerramos el maletín. Nos vamos directos a Google para investigar en la web sobre cuberterías doradas, versus, casos extraños. Nada, publicidad sobre cubiertos, al parecer está de moda el color dorado.

Abrimos el maletín de nuevo y agarramos una cuchara. La marca es alemana y la consultamos de nuevo en Google. Dejó de fabricarse en los años 70, la dueña era una tal Gretta Snaider, de Hamburgo. Cerró la fábrica por un suceso en su casa en la que estuvo involucrada ella, el marido y las dos empleadas que les servían, estas empleadas eran españolas, huidas hasta Alemania en la posguerra. La pareja de alemanes murieron asesinados en su casa y las dos empleadas desaparecieron.

Las opciones que teníamos eran: usarla para cenar, al menos uno de nosotros, así, si sucedía algo, el otro podría avisar a nuestros padres o, la otra opción, era ponérsela a mis padres para que la usaran. Esta última era la opción más cobarde, pero nos permitiría averiguar qué sucede teniendo dos mentes en lugar de una sola, además, así no discutiríamos sobre quién de los dos la usaría.

Llegó la hora de la cena y pusimos la mesa sin rechistar, solo dejamos un cubierto dorado y optamos por hacer un sorteo de quién se sentaría de los cuatro en el lugar asignado. Mi padre, antes de que nos sentáramos ya lo había decidido, sería él mismo el que usara el cubierto. Nosotros estábamos nerviosos, expectantes y a la vez preocupados por lo que pudiera suceder, podríamos arrepentirnos y culparnos para toda la vida dejando que él comenzara su viaje.

Comimos, mi hermana y yo sin saborear, intentando vislumbrar algo raro en mi padre, algún gesto o movimiento que nos informara de la situación.

Al terminar la cena y comenzar el postre, mi padre comenzó a mover los ojos sin control, como si estuviera dentro de un vagón de tren y se fijara en puntos del horizonte. Las manos comenzaron a temblarle y soltó el cuchillo dorado en el aire, bien arriba, rozando el techo hasta que fue bajando. A la vez que se clavó en el centro de la mesa, su cabeza golpeó el plato de comida vacío. ¿Desmayo?, ¿Muerto? Mi hermana se levantó llorando hacia mamá y gritando se echaba la culpa de lo sucedido, yo hice lo mismo agarrando a mi madre del brazo.

Ella estaba increíblemente tranquila, vio algo en nuestros gestos de pánico que cortó el ambiente de dolor con una patada a mi padre por debajo de la mesa, este se irguió sacando una sonrisa y diciendo:

—La vida es viaje, si no lo haces tú, no habrá otro como tú que lo haga.

PRL

—Chicos —dice el profesor. Un hombre a dos días de jubilarse. Un hombre con un mérito tremendo, un profesor que siempre intenta llevar el hilo del contenido. Arrastra los pies al andar, con sordera consciente—. Al menos tenemos hojas de papel, folios y bolígrafos también. No os cortéis y pedídmelos.

La frase se me quedó grabada a las dos horas de empezar este maravilloso curso. Obligatorio, para poder seguir trabajando en obras. Ideado, para que las empresas de construcción se laven las manos en caso de que tengas algún accidente laboral.

Veinte horas, en Vicálvaro, Madrid. Todo hombres. Dieciocho tíos sentados escuchando a nuestro viejo profesor, pobre hombre. Algo en particular que me da rabia, es ese tipo de profesor que antes de terminar la frase pregunta esa última palabra, que normalmente es obvia, aun así, algunos contestan y asienten.

Más importante que el temario es firmar la asistencia, cuarenta y cinco minutos de protocolo burocrático. Después nos habla de accidentes, de riesgos en el centro de trabajo, de qué debemos y qué no podemos hacer hasta que el colapso o el hundimiento del curso llegó.

Joder que olor más chungo. Todos nos miramos olfateando. Al chaval de la gorra y el pelo largo le llamaré *amargao* por la cara de churro seco que tiene, lleva mucho en el baño. La sala donde estamos es estrecha y alargada; el local es de estilo industrial, tubos galvanizados recorren el techo, ladrillo, hormigón bruto en las paredes que no son blancas y en las columnas, cables vistos y suelo de grandes baldosas grises.

El viejo profesor intenta calmarnos. Nos dice que nos sentemos, que nos agachemos, que no nos movamos, que va a llamar a emergencias. Pero el chico balcánico, delgado, con cara de yonqui, dientes finos, oscuros y encías retraídas, nervioso, no puede más y grita. Quiere abrir el portón deslizante que nos separa del *hall* principal del local.

Los tres de Toledo, grandes y robustos. A uno ya le huele el ala, pero no por haber trabajado. Se levantan a la vez y pasan arrollando al profesor, saliendo del aula. El profesor cae; su cabeza topa con el cristal del portón y lo rompe. Queda tirado, sangrando. Los dos chicos jóvenes saltan por encima del hombre. Este último vuelve a dar al portón con el hombro y el trozo de cristal que quedaba aún sujeto en el cerco cae como una guillotina sobre la cabeza del profesor y se le queda clavado, abriendo y cerrando sus ojos durante un segundo. Descanso.

Un golpe en el glúteo con la punta del pie al querer saltar al profe muerto acciona el mando del cierre del local, este desciende lentamente y solo seis de los dieciocho tíos son capaces de salir antes de que el cierre descienda del todo. Estamos atrapados, algunos gritan y dan golpes al portón metálico, otros recorren el local en busca de otra salida, pero el gas ya está haciendo su efecto y a uno de los alumnos, el calvo mayor, el que desde el principio del curso se le notaba indignado, enfadado, el que miraba al techo buscando una solución, bostezando por si en ese instante pudiera parar el tiempo y llevar a su mente a una hamaca de Benidorm. Se le están hinchando los párpados, y le desliza una gota roja, de sangre, por la nariz. Resbala hasta la cazadora vaquera y la absorbe, cambiando a color marrón hasta que la siguiente repite, y repite. El calvo mayor se sienta en el suelo, apoyando la espalda en la pared, se toca con las manos y esparce el rojo por toda la cara. Mirándose las dos manos, se desmaya.

Al gordo, le cuesta respirar. Se le escucha salir el aire con fuerza, no le llega el oxígeno. Cae primero con las rodillas al suelo, delante del cierre del local, mientras golpeaba con sus manazas y se queda desmayado apoyado en la frente. Este hombre gordo durante el curso soltaba chistes, hacía gracias. Al soltarlas buscaba con la mirada a otros para que le acompañaran con la sonrisa, así justificaba su chiste.

Quedamos pocos en pie. Del baño sale el chico de la gorra, el *amargao*. Se sorprende. Comienza a preguntarnos qué ha pasado. Ve a los caídos, mientras los demás buscamos una respuesta en su consciencia.

Cada minuto que pasa, nuestros pulmones resisten menos. El oxígeno del local desaparece y el gas nos comienza a afectar. Al que tengo a mi lado, el chaval que llega tarde, de unos treinta años con tatuajes, mueve su cuerpo desde los pies, hace la ola y suelta una bocanada de vómito que impacta en la cara del *amargao*. Se le esparce por la cara y le resbalan los tropezones por la barba. Se limpia los ojos y ve a su agresor. Se abalanza sobre él, le engancha de los cuatro aros de la oreja y se los arranca, cae redondo, inerte.

Comienzan a escucharse sirenas en el exterior, aunque dentro se escucha poco ruido, algún llanto fino. Me siento en el suelo, mojándome la pechera con agua, me la arrimo al hocico y me fijo con los ojos llorosos en que el *amargao* se ha puesto la mascarilla y gesticula delante de la cámara de su móvil, lo agarra y lo pasea por todo el local enfocando la agonía de los caídos.

A mi lado, el alumno bajito de algún país de Sudamérica me guiña un ojo y comprendo que quiere que le acompañe en su artimaña en nuestro turno como actores improvisados de la peli del *amargao*. Mis ojos se van cerrando. El bajito me choca en el codo para despertarme y veo el golpe que le propina con el pie. La zancadilla funciona, hace que el locutor violento suelte el móvil, a la vez que su cuerpo pierde verticalidad y, antes de llegar al suelo, le sacudo otra patada para cambiar el lugar de su caída y llevarle al choque con la tabla superior de la mesa de madera, dejándole un golpe fuerte en su cara y quitándole la gorra.

Consiguen acceder desde la calle y comienza a entrar los bomberos. Me desmayo, no veo más. Mi mente transfiere imágenes de golpes, de palas con cemento volando, de andamios, de redes, de agujeros, de escaleras y una voz ceceante (como la del viejo profesor) atraviesa mi cerebro hasta que una palmada sonora me hace abrir los ojos.

Todos están ahí, mirándome con una sonrisa complaciente:

—Te has dormido —me gritan.

Y lo único que se me ocurre es aceptar su oferta inicial y le pido al viejo profesor:

—Regálame los folios y el boli que me ofreciste, que se me ha ocurrido una historia.

Historia en un tren africano

El reloj de la estación indica las 6:45 de la mañana. Llega una pareja, chico y chica, recién levantados. El tren espera a los últimos pasajeros, se dirige a Manakara al este de la isla. Es un tren arcaico de color verdoso y de hierro forjado. En su interior se mezcla el hierro con la madera. Esta tiene tres o cuatro manos de pintura, pero la última la dieron hace tanto tiempo que es posible ver sus capas. Los asientos dobles, recostados sobre otros, sirven de apoyo a las barras de metal usadas como maleteros.

El tren tarda en salir. El chico y la chica apuran los cigarrillos, observando cómo sale el humo de la locomotora. Ella será la atrevida en cruzar las montañas y bajar por los valles de Ranomafana. Cuatro vagones, con su continuo traqueteo ensordecedor, empujados por la valentona máquina serán capaces de recorrer 120 kilómetros.

El tren silba la salida con 10 minutos de retraso. Todos sentados, primero comprobando la estabilidad, luego escudriñando a sus allegados hablando y compartiendo experiencias. Las ventanas, algunas bajadas y otras subidas, dejan ver el ambiente de fiesta que se forma al pasar el tren, desde fuera todos saludan y ríen, parece ser algo especial.

Los arrozales desbordan los valles y los mismos cuerpos agachados para recoger el arroz se ponen erguidos, deslizando su cuello y levantando la mano al ver pasar el convoy.

Los pobladores de la zona se apartan para dejar pasar el tren. Los túneles escuchan una vez al día el sonido de los raíles. Al inicio notan frío. Los chicos se levantan para tener una perspectiva diferente, se acercan esquivando piernas hasta el final del vagón, en el espacio entre las escaleras de entrada y la puerta que accede al interior. El viento sopla con fuerza, las oscilaciones hacen que se agarren con fuerza en las paredes laterales.

Hacen fotos de las plantaciones de té, del pequeño pueblo de Sahambaby.

Las paradas se repiten con más prontitud que la anterior, en cada estación la espera es más larga. Hay cambios de vagones para aprovisionar al pueblo y la compra y la venta de comidas tradicionales entre los habitantes y los viajeros es constante. Las aldeas están superpobladas. Para el tren, y un centenar de niños aparecen para pedir cualquier cosa: venden frutas, collares, empanadillas de carne y cebolla…

La condición de los niños es buena, no parecen tener hambre ni padecer enfermedades, pero están llenos de mierda. Sus ropas multiusadas son harapos sucios y correosos. Las madres acoplan a sus bebes a la espalda y en cuanto lloran le plantan la teta como si fuera el chupete para callarles. Parece que aquí a los niños no les gustan los mocos, les resbalan hasta el labio superior y se secan. Saludan mucho. Continuamente se ríen, posiblemente de los caretos de los guiris deseosos de llegar al destino.

El tren sigue parando y silbando. El traqueteo y el sofocante calor casi no dejan un respiro para disfrutar. Los dos chicos comparten sus visiones y se precipitan a decirse que la vuelta se hará de otro modo. Un viaje de nueve horas es más que suficiente, es bueno y memorable. No se han caído del tren, pero se demostraron amor mutuo en un momento de incertidumbre para cualquiera. El tren parado, ellos sentados a la sombra, el tren marcha sin avisar, los dos se miran y saltan para llegar corriendo al escalón, el chico y la chica se animan, corren entre raíles, el chico agarra la barra de la entrada y salta para subir, la chica en un sobresfuerzo le toca la yema de los dedos al chico y le dice «no puedo». El tren sigue avanzando, todas las cabezas de los guiris salen por las ventanillas dando ánimos. La chica sigue corriendo, el tren se aleja, los dos se miran, y el chico salta a las vías para buscarla, abrazándose.

Colombia (la buena)

Sorprende Bogotá...

Sí, a las faldas de una montaña alargada encontramos la ciudad esparcida, desperdigada, un *skyline* desigual, con una historia desordenada y sangrienta. Peleas, muertes, asesinatos a cuchillazos en un cruce de caminos entre los cuatro poderes del hombre, los poderes que gobiernan el mundo.

La ciudad ya existía con el nombre de Bacatá (campo de sembrar), estaba nombrada por los pueblos indígenas, los muiscas y los chibchas. Tenían cultivos y ganado hasta que llegaron los conquistadores, allá por 1538.

Dos personajes que aún existen en el corazón de sus habitantes, Bolívar y Santander. Dos grandes amigos que, más tarde enemigos, vieron en este cruce de caminos poco estratégicos el origen de una gran república. Querían una tierra única para un pueblo único, en el terreno de Ecuador, Colombia y Venezuela.

También en esta ciudad, a mediados del siglo XX, justo en la cúspide de su belleza, de desarrollo y de arte, cuando la llamaban la Atenas de Sudamérica, ocurrió su momento más triste: el Bogotazo, lo llamaron. El asesinato de Jorge Eliécer Gaitán, líder del partido liberal, provocó en Bogotá una oleada de saqueos, disturbios y muertes. Bogotá no volvería a ser la misma. La ciudad cayó y un periodo de violencia, que dejó más de doscientos mil muertos, se extendió por todo el país.

Y ya vale de historia. Las distancias son enormes entre un lugar y otro. El desplazamiento siempre con Cabify por seguridad, eso nos aconsejaron. Solo salimos con luz natural, de día siempre, levantándose prontito para aprovechar. Hacemos un *free tour* caminando por el barrio que aún mantiene la esencia colonial, la Candelaria, un centro mágico de arte a los pies de Monserrate. El Chorro de Quevedo es la placita donde todo ese arte se mezcla y no encaja con el resto de la ciudad, no puedes imaginarte estar dentro de la abrumadora Bogotá. Música, payasos, malabaristas y cómicos se van pasando el testigo para entretener a los caminantes y a los viajeros que se sientan y aprenden. Puedes pasar horas bebiendo chicha (bebida de maíz fermentado que hace competencia a la cerveza), pero cuidado con la resaca, que es tremenda por la cantidad de azúcares que la componen.

Nos desplazamos hacia el norte: Guatavita, Catedral de Sal...

Un par de horas de coche hacia el norte, hasta el lago o la laguna de Guatavita, para conocer, además de la leyenda de El Dorado, un imprescindible de Colombia. Es un lugar en el que llegas a sentir a la naturaleza dentro de ti, de tu ser y de tu cuerpo. Parece que te acaricia, los cambios de temperatura según caminas, la lluvia intermitente que te moja y empapa y tu propio esfuerzo hasta la cima te coloca un sentimiento de unión literal con ella, difícil de explicar.

No me extraña que a algunos personajes de la historia les dieran por codiciarla, a otros por admirarla, a otros por envidiarla y a otros muchos por amarla. El ser humano no está preparado para esto, ni antes ni ahora.

De camino a la Catedral de la Sal paramos para probar carne al estilo llanera: manjares al carbón, carne de res, de pollo y de cerdo, asadas con mucho tiempo y amor; aunque el cantautor del directo dejaba poco rato para disfrutar y hablar con los tuyos.

La Catedral de la Sal es una caverna enorme de galerías subterráneas con altares tallados en la misma pared de sal. Es absolutamente maravilloso entrar y caminar por este lugar sorprendente. Está totalmente tematizado con el cristianismo. Las bóvedas son descomunales, sobre todo en la sala principal, y la iluminación forma una parte imprescindible de la que en unos años llegará a ser otra maravilla del mundo. ¿Por qué no darle un buen lametazo a la pared o recrearte tomando la mejor foto?

Volviendo a Bogotá, la capital, está llena de agujeros en el suelo. Recomendamos mirar bien por dónde pisas porque podrías tropezar e incluso romperte el tobillo. Nuestras dos teorías son: los hace la gente para meter basura porque están llenitos de mierda o es que hay una red de túneles y sus habitantes hacen respiraderos y trampas para observar al caminante despistado que, al caer en él, les agarran y los llevan hasta las profundidades de la ciudad.

No solo nos sorprendieron los agujeros. Tengo que mencionar la simpatía y la educación de los habitantes, son bien hablados y muy correctos. No escuchas ni un taco ni una mala palabra.

En Monserrate, a 3.200 metros de altitud, subimos con la ayuda de un teleférico. Puedes llegar a notar tu respiración más fatigosa; cuando estás en el mirador ves el páramo llano que ocupa la ciudad extensa que no acaba. Todo parece de juguete y el sol abrasa. A esa altitud, caminar cuesta el doble.

A Bogotá llegamos un día conflictivo porque se enfrentaban en la final de la liga colombiana el Millonarios (de Bogotá) contra el Atlético Nacional (de

Medellín), dos equipos que se odian y dos aficiones que siempre que se ven la lían muy gorda. Por eso, desde bien temprano, todos los taxistas nos instaban a que no saliéramos de noche. Vimos el partido en el hotel y, la verdad, parece que estás viendo un partido de tercera división en España, muy malo en cuanto a calidad y con una organización pésima entre los jugadores y el cuerpo técnico. El entrenador quiso cambiar a varios jugadores y estos dijeron que no salían y ahí se quedaron en el campo, jugando y fallando, ridículo.

Eje cafetero: valle de Salento

Tomándome un tinto, que no de vino, bien temprano, observo en una cuadra de Salento a un grupo de hombres que comparten un par de perros comprados en una tiendita del costado. No tomo arepas porque las hacen con queso. No hacen nada más, simplemente charlan entre ellos. Al rato viene un tipo en moto que pide otro café, ni se baja del asiento; viste guarro y parece sucio, viene del campo con sus vaqueros y le cuelga envainado un machete; así van, así son, muy auténticos.

Ese mismo día, ya con el carro alquilado, visitamos el Valle del Cocora y sus palmas de cera, que son palmeras megaaltas, esbeltas con hojas pelo de Krusty el payaso.

Simbolizan la capacidad de persistir y perdurar. Su utilidad, hace ya unos cuantos años, era sacar su cera para crear las velas que alumbraban las calles y las casas, hasta que se introdujo la electricidad y se dejó de producir.

La visión en el conjunto de las palmas con el relieve sinuoso de las montañas, el verde fuerte de la hierba y la vegetación exuberante, hacen una imagen extraordinaria. Una foto, otra foto, incansables, todas especiales y bellas; aunque seas feo, saldrás guapo.

Cabalgamos al trote por los senderos que te llevan hasta uno de los miradores y la imagen quedará grabada para siempre. Quisimos ver más y llegar hasta la reserva de palmas de cera más extensa de Colombia, pero nuestro coche no pudo y en Toche, un pueblito encastrado en plena cordillera y en el culo del mundo, nos quedamos. El camino era para un Willy, no para un turismo. El trayecto hasta Toche fue largo y cansado, bacheado y amedrentado por el encontronazo con militares sin bandera. Pregunté a uno de ellos. Un chaval sentado en una piedra en la cacera del camino, el viejo fusil apoyado en sus piernas, con ojos cansados, tristes y desesperados, diría que hasta drogado. Fue un solo segundo de contacto entre miradas, una pregunta mal contestada y mi mente dijo hasta aquí, nos vamos, salimos pitando, así lo vi y lo sentí, no quisimos averiguar más. Unos días más tarde contamos nuestra historia y nos dijeron que probablemente serían miembros de guerrillas, que los militares siempre llevan símbolos o logos en el uniforme.

TERMAS DE SAN VICENTE

Tardas en llegar, pero merece la pena. Un río de agua caliente que desciende sorteando pedrolos, vegetación sin vergüenza en un valle cerrado. Los lebreles se lo pasan teta. ¡Vamos a esta poza! ¡Esta piscina está más caliente! Nos colamos por un sendero privado del hotel que te adentra en una poza de infarto, un manantial privado, atravesando un parque jurásico, plantas exquisitas, mariposas enormes de colores, sonidos por doquier. Una borrachera de naturaleza con buen clima y sin mosquitos.

CARRETERA Y MANTA...

Ahí los veo, mejor dicho, nos veo subidos a las motos, haciendo caballitos por la carretera. Estos son tres chavales que se divierten, montan sin cascos, por carreteras repletas de curvas. Los Autos Locos se inventaron aquí. Esas carreras interminables con trampas las pasamos como uno más, frenando en las curvas al ras. Un atasco, un pistoletazo de salida y todos al carril izquierdo, cuando llegas al accidente se forma un embudo de cojones. Camionetas repletas de personas cargadas de sacas de café, plátanos y plátanas, aguacates, azúcar, frijoles… Entre curvas y más curvas, tardando o llegando sin prisa al destino.

Impensable ver esto en España. Después de conducir durante un día entero para hacer unos 250 kilómetros, te metes en la cama con el cuello hinchado, parece que has entrenado para un gran premio de Fórmula 1.

El rojo para liberales y el azul para conservadores. ¿Por qué esos colores en todos los lugares? Da igual el país o el continente que siempre es así. El guía Kiko, que producía ron Tiki, nos contestó en la Hacienda Venecia a esa pregunta y a muchas más.

La ruta caminando por los cafetales es imprescindible. Te hablan del origen del café, de como un pastor de cabras del Líbano vio a estas saltando descompuestas, locas. Fijándose en lo que estaban comiendo, descubrió en sus morros unos frutos rojos; se fijó en la planta y se la llevó para investigarla, y ahí comenzó la historia del café, hasta el día de hoy, dónde Colombia se sitúa en el tercer puesto productor a nivel mundial. Según nuestro guía, el café que produce Colombia no es para los colombianos, casi todo se exporta.

Un beso con lengua entre plantas de café parece romántico y lo es. Mucho *love* con las miradas de los pichones y su posterior «buaj, qué asco» con risas. El guía terminó la visita en el lugar dónde separan los granos buenos de los menos buenos y de los malos, cada uno a su sitio. Tienen montones gigantes. Era domingo y estábamos solos, el guía nos dejó. Ángel y yo pudimos meter nuestros cráneos y bucear entre ellos. Muy divertido el recorrido hasta el tueste final, un placer sin más. Bueno, añadimos unas cuantas fotos en la casa dónde grabaron a Gaviota y a Sebastián.

¡¡¡Descubrimos el mangostino!!! Una fruta buenísima, morada, que cuando la abres tiene gajos blancos, parecidos a los gajos de la mandarina.

MEDELLÍN

Me vienen los miedos infantiles a la memoria, esos momentos en que tu madre te decía con tesón: «No vayas al parque, hay muchas jeringuillas. A ver si te clavas una y te contagian el sida». Los yonquis andaban por doquier, viviendo en la calle, haciendo fogatas pegados al río, muriendo sin pena ni gloria como si no existieran. Donde más encuentras es en los alrededores de la Plaza de Botero: una senda de elefantes, el final de la especie, horrible, yo no he visto parangón, un infierno en la tierra. No vayas de noche, es posible que te tropieces con cadáveres y no es broma. Nosotros íbamos en taxi y machacaba el cerebelo. No es heroína, la droga que se fuman es más barata, no recuerdo el nombre, pero uff.

Los lugares para el turismo están literalmente vallados, con pasos abiertos y policía. La primera vez que hicimos la visita a la plaza estaba atardeciendo, llovían cubos de agua, y los zombis estaban al acecho. Al taxista le cambié la parada y marchamos de allí gratamente.

Medellín solo tiene un poco más de dos millones y medio de habitantes, bastante menos que Bogotá, pero la sensación al levitar con el Metrocable por esas colinas superpobladas y repletas de casas es de mucho más, puede que sean más y no estén censados. Las casas de ladrillo rojo se arrejuntan, se solapan y dejan espacio para escaleras que se inclinan sin temor. Me imagino al cartero o a la viejita, al lechero o al repartidor de Amazon. Tejados de chapa, son favelas, comunas controladas por pandillas que piden a los vecinos una parte de sus beneficios a cambio de protección, algo me suena...

La Comuna 13 se puede visitar, con toque de queda a las 22:00. Hicimos el *free tour*, muy recomendable. Nos impactó cómo la guía apagó su micrófono para contestar por lo bajini a las preguntas un poco más duras.

—Así es —nos dijo—. Si no pagas te queman el negocio. Si a partir de las 22:00 quieres pasar a otra zona o visitar a un amigo, hazlo antes de esa hora; si te pasas quédate en su casa hasta la mañana siguiente, así de fácil. Y a la pregunta: ¿esto tiene solución? No, tajante, esto es así, los habitantes lo saben. Además, no quieren irse, se encuentran con una falsa seguridad, las familias están cómodas, se conforman, se encuentran con una estabilidad, no se arriesgan.

También hicimos una visita impactante desde Medellín a Guatapé y su Piedra del Peñol. Perfecta visita de un día a esta zona al oeste de Medellín. Somos así, los humanoides, digo, vemos una piedra enorme, gigante y queremos subir, en este caso 740 escalones retorcidos. No nos importa la edad que tengamos, ni los achaques, ni las recomendaciones, se sube y punto. Arriba puedes tomarte un mango o una cerveza, tienen hasta tiendas de *souvenirs*, y claro, no será esta la recompensa por el esfuerzo, sino una imagen deslumbrante del paisaje. En este caso no todo es natural porque el agua azul y verde que empapa la base de todas las colinas, la puso el hombre. En realidad, toda esta zona es un inmenso embalse que surte de agua a Medellín y que sin querer han hecho de esta zona un lugar turístico por lo bello que es.

COLOMBIA (LA MALA)

Como digo, la mala, la Colombia predecible, casposa, mentirosa y falsa. La costa del Caribe. Menos mal que alguien quiso conservar Cartagena de Indias, pero la ciudad, no sus gentes.

No merece la pena pasar más de un día por aquí. Las playas están llenas de mierda y te intentan engañar a cada paso. Eres un dólar andante, así de claro. También es una bazofia la húmeda y es calurosa. Y no quiero hablar más de la mala porque me cabreo. ¡Chimpón!

Trasladándonos a México

«unas semanas»

23 DE AGOSTO DE 2022
CENOTE CRISTAL, ZONA COSTERA, TULUM

Siempre que repites algo debes saber que no será lo mismo. Es imposible que lo sea. Esta vez, por el abismo que hay al ir con dos personas más (Piojochingón y Julinugget).

Porque han pasado los años por ti y por los de aquí; porque tu cuerpo, tu mente e incluso tu alma han cambiado. Por todo esto no puede ser igual, es de otra manera. Eso es lo bonito de la vida. Sería aburrido volver al mismo lugar y sentir lo mismo, sobre todo cuando esos sentimientos fueron malos, que no lo fueron, porque, si no, no habrías vuelto.

Tulum, probablemente cuando pasen varios años, bastantes años, volverá a parecernos diferente, pero para verlo y saberlo hay que venir, hay que viajar y hay que saber estar en cada momento. Intentaremos buscar algo que no haya cambiado, quizás un olor, un sabor, algo romántico…

Tulum es naturaleza, y eso tengo claro que siempre lo será. Vegetación exuberante en todos lados. Tulum es mar, es playa (mejor si tienes hotel). Tulum fue virgen y ahora ha madurado, no sé y no creo que se haya encontrado a sí misma. Me impresionan los fondos de los cenotes, esas pozas de agua perfecta, de agua salida de las profundidades de la tierra, rodeadas de verde absoluto, del único verde que trabajaron coloreando los dioses de la civilización maya.

Esto es una verdadera pasada. Elige bien con quién vienes; confía, disfruta saltando, buceando y riendo con tus «tres», que son mis tres y que no los cambio, güey, ni por mil pinches tacos.

24 DE AGOSTO DE 2022
CENOTES DOS OJOS, JAGUAR Y NICTÉ-HA
ADEMÁS, BUCEO CON TORTUGAS EN AKUMAL

—¿Te lo has pasado bien?

—Joder, ha sido inolvidable.

Destrozados físicamente del machaque de día que tuvimos, no nos dejamos nada. Tres cenotes, sobre todo el Nicté-Ha, de ensueño, de foto de revista de naturaleza. Agua pura cristalina, fondo con vegetación que deja en la superficie hojas gigantes, paredes de roca de tres metros de altura. Unos saltos sin miedo, un chaparrón, una tormenta tropical dentro de ese agujero verde y azul, un espectáculo. También nos arrancamos con tirolesa en el cenote Jaguar, de unos 120 metros de longitud, entre árboles y más árboles. Salto al vacío (agua) de siete metros; qué miedito entra al verlo y al ir cayendo.

Terminamos conociendo a las tortugas marinas de Akumal, unos bichos preciosos de un metro y veinte centímetros, justo debajo de tu *body*. Tienen dos peces anclados a su carcasa que hacen labores de limpieza, esto sí que es trueque. Cuando quieren salir a respirar, las ves flotando en el mar azul turquesa y te corta la respiración. Que se lo digan a Julinugget que aguantó la hora que duró el *snorkel,* pero sin meter la cabeza; pensaba que ese majestuoso animal, por sus movimientos lentos, pero firmes, le comería los pies. También vimos corales, peces cirujanos, peces cofre (que molan mucho) y mantarrayas. Un festival para mí, para ella y para ellos, placer en vida.

25 DE AGOSTO DE 2022
CHICHÉN ITZÁ-VALLADOLID

«Chichi-Itza» es el nombre que hemos otorgado a esta ciudad maya. Qué sudores recorrían nuestro cuerpo… Chorretones líquidos empapaban nuestra ropa. Calor de ese que asfixia, menos mal que rompió a llover y pudimos procesar toda la información que nos daba el guía. Templos dentro de otros templos (así es la famosa pirámide), murales de calaveras (las madres aplastaban, con un invento de madera, el cráneo de los bebés para que no pudieran ofrecérselos a los dioses, ya que si el cráneo era ovalado significaba que tenía más inteligencia y era necesario para la comunidad), cientos de columnas sin su templo, estadio del juego de pelota (el capitán del equipo ganador era ofrecido y postulado para su decapitación, los mayas creían que era un orgullo morir de esa forma).

Nos imaginamos a nosotros con taparrabos, caminando por la selva, subiendo los escalones de la pirámide para rezar a nuestro dios Sol o a la serpiente emplumada. Mamá, fabrica una herramienta que aplasta poco a poco el cráneo de nuestro hijo, para que así se libre del sacrificio que piden los sacerdotes, con el arrancado del corazón. Creo que es mejor verlo en la actualidad porque a papá le toca jugar a la pelota y, si gana, le cortan la cabeza.

Julinugget se sorprende de que los vendedores estén continuamente con una figurita que hace el sonido del jaguar, qué sustos dan. También me cuenta un secreto y me pregunta que por qué un señor que tiene un ojo de cristal le mira tanto. Además, se da cuenta de que las hormigas aquí son gigantes.

La vuelta de noche costó. Nos esforzamos y pasamos miedo. Ni una puta luz, ni una línea blanca en la carretera. Las luces de los faros delanteros de los coches deslumbraban, llovía, un infierno en la tierra. La vegetación a los lados de la carretera era tan alta y metida en el asfalto que parecían brazos atrapacoches. Un horror; es mejor no conducir de noche en Yucatán, te puede salir caro.

26 DE AGOSTO DE 2022
LAGUNA KAAN LUUM
RUINAS DEL TEMPLO MAYA EN TULUM

Una barbaridad, una entrada selvática e imposible de localizar sin GPS. No hay carteles en la carretera que indique la entrada, suerte que parados en el arcén y vimos dos motos saliendo de un camino, los pilotos foráneos nos alertaron de que podía ser por ahí.

La laguna se disfruta, los niños flipan. Dentro de la laguna tienen hamacas, columpios y toboganes de madera. El agua verde, la arena blanca, rodeado de árboles, raíces y plantas, y en el centro de la laguna un círculo azul sin fondo, profundo hasta el núcleo, una pasada.

27 DE AGOSTO DE 2022
CENOTE CALAVERA Y CAR WASH
PASEO POR EL PUEBLO DE TULUM

El cenote Calavera es literal: agujeros en el suelo de roca y agua; dos agujeros pequeños que son los ojos y uno grande que es la boca. Da mucho yuyu tirarte por los pequeños: tienes el espacio justo para el cuerpo, no puedes menearte nada y cuando caes al agua fría y ves la cueva petada de murciélagos, acongoja. Rápido quieres subir por las escaleras para gigantes y volver a tirarte… O no…

Tropezón con sangre en la rodilla de nuestro Pio-jochingón, dolor y un par de lágrimas. El Car Wash, que lo llaman así porque hace años había un lavadero de coches, es un cenote abierto y precioso, con siete metros de profundidad, agua cristalina y con bar, pero sin cervezas, nada de alcohol.

28, 29, 30 DE AGOSTO…
SE ME FUE LA CABEZA,
YA NO PUDE CONTINUAR POR DÍAS

Viajé tranquilo en avión hasta Guadalajara. Ciudad con 15 millones de personas. El centro histórico se pasea tranquilo, es interesante, con un día para verlo es suficiente, otra cosa es que quieras probar todos los platos que tienen, eso te llevaría un poco más. Pero creo que pasa en todo el país, la comida es muy buena: cara en los restaurantes y barata en los puestos callejeros.

Los habitantes, sobre todo, se concentran a las afueras de la ciudad en casas bajas de máximo dos plantas, abarcan mucho terreno, claro… Eso es que lo tienen y de sobra. Puedes hacer cientos de kilómetros por carretera y no ver ni un cartel de salida a pueblos.

Paseamos, anduvimos y cogimos el metro petado hasta San Pedro Tlaquepaque, un pueblo engullido por la ciudad que aún mantiene su espíritu y personalidad dentro de su centro histórico. Un lugar que se ha de cuidar para que no caiga en la codicia turística. Si se le da una vuelta a los establecimientos, irá mejor.

Disfrutamos a lo grande con mi hermano mexicano Pepe. Lo prometido hace unos años se cumplió. Piojochingón y yo fuimos invitados al Arena Coliseo de Guadalajara. Vimos un espectáculo de lucha libre en estado puro, en vivo y en directo, contemplamos los hostiones que se meten, preparados, ensayados y trabajados, pero vamos se hacen daño, y mucho. Hacen equilibrios en las cuerdas del *ring*, acrobacias múltiples…

Nos sentamos en la segunda fila y flipamos en el momento en el que estamparon la cara al Bravo de

Michoacán. Se ponen esos nombres, incluso meten personajes de TV: vimos al Joker.

Luchan tres contra tres, a tres asaltos, luego salen las típicas chicas mostrando el típico cartelón con el número, ayudadas por sus piernas largas y su sonrisa blanca. Esas mismas tipas, cuando termina el espectáculo, te dan tarjetas para que vayas con ellas a su club de turno. Vimos al menos seis combates y nos gustó mucho.

El Arena Coliseo estaba petado. En la parte baja, más cerca de los cuadriláteros, todos estaban sentados, mientras que en la parte alta, más alejada, todos estaban de pie. Me recordó al gallinero que había en el Bernabéu. La diferencia está clara, la parte alejada es para pobres y la parte sentada para los que se pueden permitir el coste extra. Entre las dos partes hay un continuo pitorreo. Pasas a su lado y te insultan, pero da la sensación de que forma parte del espectáculo. No vimos peleas, paz tensa, diría yo. Al hermano de Pepe, un tío cojonudo, le picaron llamándole Harry Potter, pero ahí se quedó.

La vuelta al hotel fue tranquila, paramos en un puestecito callejero de *hot dog*. Piojochingón decía que era el mejor perrito que se ha tomado en su vida, muy bueno la verdad.

1, 2, 3, 4 DE SEPTIEMBRE…
LO DICHO, IMPOSIBLE SEGUIR POR DÍAS

Desde Guadalajara nos tocaba recorrer pueblitos del centro. Desde Guanajuato hasta Morelia. Otro tipo de viaje, más coche, más carreteras, más montaña, muy buena comida, buena gente…

Guanajuato, no hay pueblo igual. El centro es cautivador, es un queso con agujeros. Es el único pueblo que hemos visitado que no está organizado por cuadras.

Los colores fuertes predominan en las fachadas de casas e iglesias. Es fascinante pasearlo, meterte por túneles y callejones, apareces en sitios que aún no habías visto. Es un placer de lugar al que le envuelve un aire de paz, un aire con notas musicales de los mariachis. Julinugget se cansó de andar. Lo pasamos fenómeno.

Date un buen muerdo y que los turistas te vean en el Callejón del Beso. Sube en el tren cremallera hasta el monumento al Pípila. Durante la noche, la iluminación del pueblo es cojonuda. El Pípila es la estatua de un hombre que muestra en su mano la antorcha con la que quemó el granero y su gesto dio paso a la libración del país. Tómate una chela con tequila en un barecito frente al Teatro Juárez.

Dolores Hidalgo, cuna de la independencia. Hay veces que buscas lugares por su nombre, o más bien, encuentras los lugares porque son nombrados, en este caso, parecía que sería un lugar especial, un pueblo bonito, pero no lo es tanto como se esperaba, eso sí, aun no siendo bonito, pasan por aquí una gran cantidad de turistas mexicanos. ¿El truco del nombre? Es que, desde Dolores Hidalgo, los mexicanos comenzaron la revolución que sacó a los españoles definitivamente de este país. Por eso vienen o venimos. Es un pueblo con una historia tremenda. Dolores viene de que es la santa del pueblito, e Hidalgo fue el cura que impulsó la revolución. Aquí compramos el sombrero vaquero para el abuelo, baratísimo todo. También me comí una sopa raruna, pero buena, tenía los triangulitos metidos dentro del caldo.

Hay cerámica a tope, como en Talavera. Hay algo que me cautiva y que tengo que contar, me lleva a la infancia, a los viajes por carreteras secundarias con mi familia. Me pasó en todo el viaje, el comercio en la carretera, el parar para ver que fabrican en la zona, me teletransporta a los ocho años. En la zona del Yucatán hay tienditas de hamacas, telas y sombreros. Por esta zona de Guanajuato, cerámica. Me encanta: producto local sin intermediarios, ni filtros, ni publicidad.

Entre Dolores Hidalgo y San Miguel de Allende encontramos algo sorpresivo, extravagante, atemorizante, divertido, no sé cómo describir este lugar. Es un pueblo fantasma, así lo informa el rótulo de la entrada. Estas cosas solo pueden pasar en este país. Frenamos, paramos, salimos del coche e hicimos fotos para recordarlo. Un pueblo fantasma. Os juro que, si lo veis, flipáis. Tiene sus calles, tiene su bar, tiene su salón, su peluquería, su gasolinera, su hotel… es un pueblo del Far Far West, casi todo de madera y partes de metal, el 80 % es de material reciclado, alucinante. Mirad las fotos porque no puedo describir tal hallazgo. La pena es que existe internet, aunque no lo encontramos por esa vía, fue casualidad, suerte, no sé. Digo que la pena fue el internet porque después de montar en la caca de coche que nos endosaron, miramos de qué iba este lugar, ¿qué hacía allí? Y todas las conjeturas, la imaginación del por qué esto aquí, se esfumaron. Internet nos dio respuesta y dejamos de hacer cávalas.

¡¡¡Ahí lo dejo!!!

San Miguel de Allende, poquitos pueblos están tan bien adecentados como este. Se nota que aquí vienen los gringos; es un pueblo perfecto. Su catedral es perfecta, sus aceras son perfectas, todo el centro peatonal, ni una fachada fea, ni un tejado hundido, todo de diez… Pero hay trampa siempre en lo perfecto e ideal, siempre se esconde algo… En este caso te das cuenta cuando quieres pagar, comprar o comer, es muy caro; ahí está la trampa. O llevas plata o salte del casco histórico.

Morelia es la siguiente. Aquí cuento el lío con Piojochingón y su oído enfermo. Una noche, de madrugada, se levantó con un dolor tremendo en la oreja. Decía que le dolía la oreja, lo que es el cartílago. ¿Pero eso puede doler?

A la mañana siguiente, después de haberle dado ibuprofeno, dejó de dolerle y continuamos desde Morelia a Pátzcuaro. Se tarda poquito, unos 45 minutos. Merece mucho la pena darse paseos y bichear mercados, es una maravilla de pueblo. Tiene casas bajas, de una sola altura, todas pintadas del mismo color. Hasta los rótulos de los comercios, también pintados, todos igual, con el mismo estilo de letra. Calles empedradas, algunas con bastante inclinación. Una plaza principal supercuidada, con jardín y arboledas en los laterales. Visitamos la Casa de los Siete Patios; es mágica. La visita es gratuita porque lo que antes eran viviendas ahora son comercios de productores locales. Este pueblo tiene puerto hacia un lago de su mismo nombre, bastante grande. Dentro de ese lago hay unas islitas, están habitadas, y una de ellas, la más famosa, Janitzio. Es la isla, o el pueblo, por excelencia de la cultura de la muerte. Desde el muelle San Pedrito, por unos pocos pesos, te montas en un bote a motor con dos hileras de asientos a los lados, lleno de turistas, pero curioso, todos turistas locales. Pregunté al capitán del bote.

¿El agua siempre ha sido tan oscura? ¿Qué tamaño tienen los peces más grandes del lago? ¿Por qué es tan famosa esta isla, sobre todo el Día de los Muertos?

Me contestó a todo, pero sin contestar. El agua está marrón, pero antes era transparente (está marrón de la mierda que echan los pueblos de alrededor, por los riegos de las cosechas, por el rio que viene ya marrón…). Los peces más grandes estarán en torno al metro de largo (¿cómo puede haber peces con esa agua es inviable?). Janitzio es tan famoso por la tradición de venerar a los que ya no están. Ese día, y durante la noche, cientos de barcas salen de San Pedrito y de otros muelles, llenas de gente. Cada uno lleva una vela encendida o una antorcha. Los habitantes los reciben en el muelle y, como una hilera de hormigas, caminan hacia el cementerio para dejar la ofrenda. Después los habitantes de la isla se juntan en sus casas para celebrar; hacen pan y comparten comida y bebida durante toda la noche.

Nosotros llegamos y como en las grandes superficies nos guiaban los comercios y las tiendas de *souvenirs*, agarramos unas escaleras y comenzamos a subir sin poder dejar de mirar los escalones que continuaban retorciéndose entre las casas, los restaurantes decadentes y las tienditas con poco gusto que nos seguían en la subida. No podías relajarte; no había descansos. Pensaba que Julinugget sería la primera en rajarse en esta subida al Everest, pero no fue así, aguantó. ¿Cuándo llegaría el final? No llegaba nunca. En cada curva pensabas: «Esto ya está». Después de un rato largo llegamos a la plaza acotada y, con previo pase por taquilla, accedimos. La cumbre de Janitzio está presidida por una figura enorme de José María Morelos con el puño en alto. Esta figura de piedra conmemora a uno de los jefes que participó en la independencia de México en el estado de Michoacán. Dicen que en su huida se desplazó hasta esta isla y se escondió en una cueva que aún existe.

Volvimos a Morelia (antigua Valladolid) a descansar del día largo. Dormimos hasta la mañana siguiente, cuando nos despertamos con el mismo dolor, un poco más intenso en la oreja de Piojochingón. Algo tenía, y era verdad. Descubrimos cómo van al médico los mexicanos. Bueno, primero van a la farmacia, y en esa misma farmacia tienen contratado un médico en una sala colindante, que es el que nos dijo que tenía infección de oído. El médico receta lo oportuno y lo compras en la farmacia. A la doctora la pagas la voluntad, pero debes comprar el medicamento en la misma farmacia, de ahí vine el beneficio, un porcentaje de lo que te receta se le paga a la doctora, y menos mal porque la voluntad de Elena fueron darle las gracias.

Desde Morelia pasamos de nuevo por Guadalajara. Sobre todo porque no había carreteras que nos ahorraran tiempo y kilómetros, comenzábamos la última etapa o zona de nuestro viaje: la costa del Pacífico nos esperaba, aunque con previsiones de huracanes.

Salimos tranquilos, habiendo cambiado el coche que teníamos alquilado. Nos dieron uno bastante mejor. El Ford que habíamos alquilado no era muy seguro, daba la sensación de que habían pasado muchos más kilómetros de los que marcaba. Además, tenía los asientos de plástico y sudábamos a tope. Al pasar de 110 kilómetros por hora comenzaba todo a vibrar. Cuando nos dieron el nuevo alucinamos. Parecíamos otra familia. Tenía techo solar y contaba con 15.000 kilómetros, un subidón para adentrarnos en la costa del Pacífico.

Pasamos por campos abarrotados de agave, era infinito. Lo cultivan hasta en las cunetas de las autovías, en los terraplenes y entre las rocas. Tiene toques azulados y pinchos en los laterales de las hojas carnosas. Es un cactus que se parece al aloe vera por la forma. Se utiliza, sobre todo, para conseguir el tequila, pero lo puedes encontrar en cremas, comida, telas… La capital mundial de este producto es el pueblo que lleva su nombre, Tequila. Nada más entrar a Tequila vemos un barril gigante con ruedas, asientos y conductor, imitan a los barriles donde conservan el líquido embriagador, y sus dimensiones son como las de un autobús. No paran de ofrecerte rutas por las bodegas a bordo del barrilete.

Luego marcan un menú con toques tequileños y te dan de probar mientras paseas por la bodega.

La pregunta que siempre me hice: ¿cuál es el mejor tequila?, ¿el oscuro o el blanco? El oscuro es más caro, pero después de consultar a Pepe, unos días más tarde, me dijo, y sabiendo que los oscuros llevan azúcar de caña, que el agave no oscurece por mucho que lo aguantes años en un barril. Así que la pregunta está contestada: el bueno es el blanco. Si encuentras uno que tenga poca publicidad, probablemente sea mejor.

Nuestra última semana en México, después regresaríamos a España desde Cancún, fue mucho más relajada. Piscineo de mañana en el superhotel villa de lujo en Puerto Vallarta, que nos prestaron, gracias a Pepe.

En una de esas piscinas, poco profundas, durante una tarde de relax, pidiendo chelas en la hamaca y jugando con los niños, se nos ocurrió usar un flotador de esos con agujero en medio. Nos tirábamos para que nuestro culo encajara dentro. Pero la mente del licenciado Pepe fue más allá. Quería ser el primer hombre del mundo en colarse por el agujero del flotador, de cabeza. Y… el licenciado lo hizo. Con un salto sutil y exquisito, colocó su cuerpo de escándalo en el aire hasta que la gravedad actuó y entró perfecto por el agujero. Nos quedamos tan impresionados que no pudimos reaccionar en el momento, pero salió del agua agazapado, dolorido y medio inconsciente. Se había machacado el cráneo contra el suelo. Comenzamos a reír todos, sin enterarnos de que su realidad no había sido la nuestra. Agarrándose el cuello y con cara de chile *pasao*, quiso salir del agua subiendo los dos peldaños que le hacían llegar a las hamacas, pero sus piernas no le ayudaron y se tumbó enseñando los dientes. Comenzó a decir que iba en serio, y ya nos preocupamos un poquito. Le vimos un poco de sangre en la parte del cráneo, que comienza a clarear, y decidimos llevarle al médico del hotel. Estábamos preocupados, pero las risas en todos nosotros eran intermitentes e imparables al recordar el gran salto felino. Las impresiones con el gran doctor del hotel me las guardo para no ofender y no desvirtuar la imagen espectacular de Pepe volando cual delfín mágico.

Era un apartamento más grande que nuestra casa, con una terrazaca con vistas al salvaje Pacífico, que no sé por qué demonios le pusieron ese nombre si es justo lo contrario. No nos bañamos en el mar ni un solo día, ya fuera por el fuerte oleaje o por el miedo a que te pille un cocodrilo. Las salidas de los ríos al mar no solo llevan el agua, también estos animalitos tan simpáticos se han acostumbrado a bañarse en aguas marinas. Una señora nos contó que hacía poco un cocodrilo se había llevado a un niño que jugaba en la playa. Es verdad que suelen salir a cazar por la noche, pero nunca se sabe.

Una de las salidas que hicimos fue a la playa de Boca de Tomates. El trayecto no fue largo, pero sí un poco tenso, gracias a la peineta de Pepe a otro conductor que nos hizo meternos en un charco gigante en medio del camino de tierra. El agonías, con su *pick-up*, nos apartó por sus huevos de la única vía libre que quedaba, y Pepe lanzó varios insultos que le hicieron dar la vuelta a su vehículo y lanzarse picoteando sus luces largas detrás de nosotros. Fue una persecución en toda regla. Aceleré para dejarle atrás y se cansó. Después de unos minutos, dejamos de verle por el retrovisor. Miedito compartido, porque en estos lugares te puede pillar un chiflado con un arma y dejarte allí para siempre.

Paramos cerca de una valla de alambres para ver casi a nuestros pies a estos animales del pleistoceno. Parecen mansos, quietecitos, sin movimiento alguno. Uno de ellos parece esculpido y puesto allí para verlo, tres metros y medio de envergadura. Impactante verlo a pocos centímetros. Cómo es la mente: dejas de tener miedo porque crees que esa vallita de alambres hará que el bicho no pueda cogerte, ja, ja.

Llegamos a la playa y, literalmente, atravesamos las cocinas de los chiringuitos para sentarnos en la terraza de uno de ellos, El Sabino. El pescado zarandeado nos trasladó al auténtico México, a ese país sin asfaltar, al país familiar con manteles de hule hipercoloreados, al país donde todo se pinta y se vuelve a repintar, al país con música constante, al país de sus ciudadanos alegres pase lo que pase, al país de la venta ambulante, al país del peligro y de las leyes que no se cumplen porque pesan más las costumbres y, por último, al país que necesita cubos de agua como si de empujones se tratara para despojarse de su basura. Con los pies en la arena elegimos el pescado del arcón, fue el que nos zarandearon en la lumbre de leña. Estaba exquisito. Varias chelas y camarones escucharon nuestras conversaciones hasta bien entrada la tarde. Espero que estos lugares no se pierdan o no se vendan para construir apartamentos de lujo u hoteles *only adults*.

Poco tardamos en volver al pueblo costero que trajo al mundo a Piojochingón. Teníamos que volver a ese lugar mágico, creado en nuestra mente durante tanto tiempo. Aquí, en Sayulita, hacía doce años que paseamos por sus calles de tierra compacta sin aceras. Llegamos con nuestro Chevy, buscando pasar la noche, y nos dieron una habitación con ventilador de techo y terraza con vistas al mar. En ese momento éramos pocos los viajeros que nos trasladábamos por estos lares y recordábamos el espacio de nuestra propiedad, era un poco nuestro. En la memoria compartida se encontraba este pueblo costero como parte de nuestra vida pasada, y ahora teníamos la oportunidad de revivirlo.

Sales de coche y todo se te pega. El calor es abusivo y no te libras de él. Aparcamos y paseamos buscando la playa. Tomamos algo sobre la arena y aprovechamos para observar los cambios. La vegetación sigue ahí, las hojas gigantes no perecen, los árboles escandalosamente grandes y el mar sigue en constante movimiento, pero el pueblo ha crecido. Al echar la vista atrás aparecen más construcciones, más apartamentos, más tiendas, más coches y más anuncios vendidos. Es gracioso que si miras hacia el mar esos 180 grados que alcanzas con la mirada cuadran con los mismos que hace doce años, pero si te das la vuelta para ver los otros 180 grados no encajan con tus recuerdos en nada. La transformación es cosa nuestra y la interpretación forma parte de nosotros mismos, la ayudamos con nuestros recuerdos. «Es bonito volver, volver y volver, a tus brazos otra vez», como escribió el rey, Vicente Fernández, en la canción *A tus brazos otra vez*.

Quiero a este país y a sus paisanos; regresaré y volveremos a disfrutar.

Calabria

Sabiendo que estaban con un niño, un bebé. A veces de trece meses, otras veces de quince, pero siempre un bebé. En un país que no conoce sus palabras. Se escondió el sol; no quedaba nada abierto. La noche era oscura, cerrada. El viento sacudía la chapa de su coche manido, las ventanas estaban subidas y los pestillos bajados. Los limpiacristales a tope. Las ráfagas de viento arrastraban cubos de agua. El bebé no hablaba, la mamá tampoco, el papa solo intentaba quitarse de la cabeza el quedarse sin combustible. La aguja había cruzado la franja roja.

Al principio, las curvas y los desniveles no le preocupaban, pero ahora, sin el oro del siglo XX, se quedarían tirados entre un bosque de castaños. La carretera se hacía cada vez más estrecha y las ramas se tronchaban con el viento, cayendo en el asfalto.

La madre agarra el hombro del padre y le aprieta con fuerza.

—Nos quedamos aquí —le susurra.

Ellos buscaban un lugar para dormir, pero las entradas en las ciudades y los pueblos eran extrañas. No se veía un alma. El casco antiguo o ciudad vieja era un destartalado y deshabitado espacio sin nombre y sin vida.

Edificios agujereados y apuntalados señalaban un abandono abrumador. Las pocas farolas encendidas deprimía aún más ese lugar con una luz lúgubre sobre las fachadas austeras. Las idas y venidas por las calles dejaban que la inercia de su mirada entrara por las callejuelas que subían y bajaban para intentar ver algo más, una esperanza en vano de descubrir un lugar para pasar la noche.

—Esto es, Cosenza, una de las ciudades más importantes de la Calabria —le decía el padre a la madre.

El gobierno italiano la tiene en el olvido, pero no es de ahora, este destrono lleva tiempo anclado. En cualquier momento se caerá y sus habitantes ni siquiera serán recordados.

Después de hacer 40 kilómetros en busca de un hotel, se durmieron con la esperanza de que esa situación trágica no se volviera a repetir. Habían estado a punto de ser olvidados en aquella colina desoladora, con un bebé que pediría comida y descanso hasta su último aliento. Sin un alma a su alrededor que les pudiera ayudar, con frío y, sobre todo, con un miedo insensato a perder la inocencia de su bebé.

Los días posteriores fueron más precavidos. Se prometieron no dejar nunca más al azar el destino de sus cuerpos, y menos exponer, de esa forma inconsciente, el descanso de su bebé.

Desde el comienzo del viaje habían visitado una ciudad con pasado vulcanizado. Los gases del volcán cubrieron con descaro toda una nombrada ciudad romana. A Pompeya la pasaron por encima literalmente, cubriéndola con un manto de calor y cenizas. Gracias a ese perfecto estado de conservación, fueron capaces de pasear de nuevo por sus calles y avenidas, de entrar en sus casas, de colarse en sus comercios, de observar sus espacios de ocio y, sobre todo, de entender que a pesar de haber pasado más de dos mil años, esta civilización, en algunos aspectos, era igual que la suya. Hacían las cosas como ellos; trabajaban de la misma manera y con los mismos instrumentos.

Estuvieron a escasos centímetros de los cuerpos carbonizados. Se conservan en perfecto estado. La madre estuvo varios minutos mirando los cuerpos desesperados, los cuerpos del horror por la inminente muerte, las bocas abiertas de los hombres, el instinto de protección de las madres cubriendo vanamente a sus hijos. Los diez minutos que pasó en silencio, mirándolos, le evocaron profundos sentimientos de tristeza y de dolor, pero también de coraje y de amor. Ese tiempo se le hizo eterno. Le manchó la mente. El pensamiento la consumió, absorbiendo su ser hasta dejarla insensible al exterior, a lo real, hasta que el padre la despertó.

Les sorprendió un turista con una *tablet* haciendo videos dentro de los hogares. «Es prácticamente lo único en lo que hemos evolucionado», pensaban.

Los ríos de gente guiados por banderolas trastornaban su imaginación, quitando así el privilegio de recrear la vida en esa ciudad.

Comieron su primera *pizza* caprichosa y su primer plato de pasta al *frutti di mare*. Como no, una diferencia abrumadora, en sentido positivo, a las que sirven por mucho más dinero en su país natal. Hablaron del recorrido que harían, mientras en el asfalto estallaban miles de gotas de agua.

—Hacia el sur —dijo la mamá. Sin saber que los dioses confabulaban una gran tormenta, con viento huracanado y sin miramientos hacia los humanos.

Pasaron Salerno al anochecer y se desviaron de la autopista hacia la costa Tirrénica. Praia di Mare era el primer pueblo, y no pudieron continuar por la carga abusiva de los dioses. Rayos tronadores, y sobre todo viento, hicieron cortes en la carretera. Era peligroso avanzar y no se arriesgaron.

Buscaron un hotel. Un hotel solitario, entre calles sin son, con ellos como únicos inquilinos. Buena gente, habitación amplia, no muy limpia, pero barata. Hablaron con la pareja de dueños de entre cincuenta y sesenta años. Afán claro de hablarles sobre política, con una idea preocupada sobre su bienestar. Causada, principalmente, por su deprimente y exasperante presidente. Los dos eran bajitos, sus dientes ennegrecidos hacían que no pudieran observar otra característica de sus cuerpos.

Esa oscuridad dentro de su boca llevó a la madre a sentirse atraída. Siguió mentalmente un trago de su saliva, haciendo caso omiso al mensaje del hospedero. Ese pensamiento la tuvo abstraída de la conversación hasta que el bebé comenzó a llorar, agarrándose a sus piernas.

Subieron a la habitación y la madre le relató al padre lo que había visto dentro del cuerpo del hospedero. La saliva pasó por los conductos pertinentes y, al llegar al estómago, caía en desorden, resbalando por las paredes. La sensación de ser ella misma una minicámara la perturbaba. Estaba dentro del hombrecito y era por algún motivo en concreto. Siguió acompasada de la saliva y al llegar al líquido corrosivo dentro del estómago, distinguió una gran mancha negra, en su centro, un pequeño agujero. La saliva fue hacia allí, pero sonó un llanto y la imagen desapareció; estaba de nuevo con su bebé.

El marido se quedó de piedra al escucharlo. Su cara desvelaba incredulidad. Era tarde y la tormenta le había cansado. Hizo un ademán de abrazarla, pero al final le dio un beso, acostaron al bebé y se echaron a dormir.

A la mañana siguiente, bajaron a tomar un *espresso* y la hospedera les contó que habían pasado una noche horrible. El hospedero había sufrido un colapso vascular y estaba en el hospital, aún no sabían si saldría adelante. Les cobró sesenta y cinco euros y se marcharon con muchas ganas de hablar de lo acontecido. En el coche la madre repitió al padre con más detalles lo que había sentido dentro del hospedero. Discutieron sobre los sueños reales y las paranoias, dando más veracidad al pensamiento de que la casualidad los acompañaba. Zanjaron el tema calculando la ruta de la jornada.

El tiempo seguía muy inestable en Calabria, por eso, sin pensarlo dos veces, atravesaron la curva de la bota. Cambiaron de rumbo. Seccionaron la provincia de Basilicata por la mitad y aparecieron al sur de Puglia. Taranto fue la ciudad escogida para comer. Pararon en un restaurante pegado al mar, el exterior desmerecía al interior, bien cuidado y con gusto marinero en la decoración.

Estaba casi completo y, con una sonrisa, les ofrecieron una mesa con vistas al ropero. Les pareció genial el lugar, y comieron los tres a lo grande.

Al terminar, el metre, un hombre bastante mayor les preguntó su origen, interesándose también por la edad del bebé. Estaba blanquecino, con la piel cuarteada, había sido marinero y ahora ayudaba a su hijo en el restaurante. La madre seguía con atención las explicaciones del viejo hasta que un *flash* la introdujo en una partícula de aire que, flotando, fue acercándose a la nariz del viejo. La fuerza de inspiración la atrajo y, a una velocidad extrema, la introdujo en la tráquea hasta llegar al pulmón. El metre, con una simple tos, la rechazó. La partícula y la madre salieron despedidas, pero la última alcanzó a ver un montón de sangre dentro del bronquio.

La madre volvió en sí cuando el viejo convulsionaba en el suelo, no supo que hacer y cerró los ojos abrazando a su bebé. No estaba segura de contárselo al padre. Tiritaba de miedo; era la segunda vez. Veía, unos minutos antes de que pasara, la muerte de las personas.

¿Era ella la que causaba la muerte o sucedería de todas formas? ¿Estaba su familia segura con ella presente? ¿Debería desaparecer? ¿Consultar, quizás, con algún especialista? ¿Habría más casos como el suyo?

Antes de decir nada al padre, se le ocurrió llamar a España. Sería lo mejor. Preguntar a un antiguo compañero de la facultad. Esperaba que Jorge pudiera resolver su duda, o al menos facilitar una respuesta realista. Una respuesta concreta. ¿Estaba loca?

Telefoneó a Jorge desde el hotel de Lecce, la ciudad del talón de Italia. Una bonita, apacible y sana ciudad con una rara coordinación de calles. Se les hizo complicado saber dónde estaba el centro histórico, este estaba mucho mejor conservado que los demás núcleos calabreses. Parece que la región de Puglia gasta más dinero, o al menos su gestión de los recursos está más optimizada.

La madre cenó intranquila por la respuesta de Jorge. El padre no veía el malestar de la madre; estaba centrado en el viaje y solo hablaba de los platos que iban a ingerir: *Nduja di Spilinga* como *antipasti; lagane e ceci,* de primero, y solomillo con cebolla roja, de segundo. Cuando terminaron de cenar, de vuelta al hotel, la madre le contó todo.

Comenzó con lo que había sentido al adentrarse en el cuerpo de aquel viejo. El padre escuchaba sin gestos, sin concretar una respuesta antes de que la madre terminara con la explicación. Después, le habló de su llamada a Jorge.

El psicólogo, como todos los psicólogos, no le dio una respuesta concreta. La escuchó detenidamente y le contestó con preguntas sobre su pasado. No concretó nada, pero dejó claro que no estaba loca, que debía ser una situación temporal por algún motivo del propio viaje. Le preguntó todo lo que había hecho, los lugares visitados y, sobre todo, le insistió en el momento en el que había estado en contacto con los cuerpos sin vida de Pompeya. Jorge creía que ahí radicaba toda su preocupación. La mente humana tiene una capacidad de poder ilimitada, puede que esa experiencia con los muertos momificados le haya servido para crear un arma de defensa contra la muerte, que precisamente avisa del motivo de esta unos pocos minutos antes de que ocurra. Es algo anormal, irreal, pero de lo que estaba seguro Jorge es que se debía a un momento del viaje, y que cuando terminara, al volver a España, la anomalía se quedaría allí, en esa región de Italia.

El padre escuchó hasta que la madre terminó toda la explicación. Le motivó tanto, lo creyó tanto y le alivió tanto que, al ver que la solución era tan sencilla como volver a casa, su postura fue de excitación por el descubrimiento. Tenían un arma que querían reutilizar, pero esta vez para ayudar, para avisar con el suficiente tiempo al futuro muerto. Estaba claro que la madre tendría la última palabra, porque, después de los dos trances anteriores, ¿quién querría volver a pasarlo?

Ella estaba de vacaciones; quería disfrutar del viaje con su bebé. Quería recorrer el litoral calabrés, ver la ciudad de Tropea, comerse un *tartuffo* en Pizzo, hacer el amor en alguna playa salvaje. No estaba dispuesta a seguir adentrándose en ese estado transcendente. ¿Hasta dónde podía llegar?

El tiempo mejoró y se reengancharon a la ruta inicial. Descendían hacia la punta de la bota. Los dos, padre y madre, sabían lo que podía llegar a pasar. El padre se ofrecía continuamente a mejorar, o al menos cambiar el pensamiento de la madre.

El bebé era, sin quererlo, un testigo mudo, pedía solución a las necesidades básicas. El bebé, que ya de por sí creaba un vínculo entre el padre y la madre, se convirtió en la única figura del tándem que hacía descansar la mente de la madre.

Llegaron a Tropea, sin más incidencias que algún corte de carretera y con un potente sabor de boca; habían probado el *tartuffo*. La explosión de sabor en cuanto saboreas ese inimitable postre de Pizzo hace trabajar los sentidos. El chocolate frío se deshace malévolamente cubriendo toda la boca y dándole un sabor y un placer inigualable. Ellos acariciaron el sabor repetidas veces, hasta que el padre observó que una de sus piernas crecía sin parar. Un alimento le estaba poniendo bruto.

Mientras, la madre leía un folleto que habían recogido en la visita a una capilla del Pizzo. En ese tríptico escrito en italiano se describía la historia de la capilla de Piedigrotta.

La madre leía según su traducción.

Es la máxima expresión de arte popular calabrés. Fue un naufragio el que tuvo la culpa de su situación. Los marineros, que por fin encontraron su salvación llegando a esa costa, excavaron a golpe de pico la capilla, para dar así, las gracias a Jesús por no abandonarlos. Después, dos artistas de la región siguieron esculpiendo; recreando escenas santas del cristianismo…

El padre interrumpió la lectura de la madre agarrando su mano y dándole un beso tierno, de la misma intensidad experimentada al probar el *tartuffo*. Ella le miró y le convocó al coche para continuar su descenso por la costa.

Seguramente pararon, cuando el bebé dormía, en algún lugar entre Pizzo y Tropea, para descargar la presión incontrolable del viaje. Ya habían probado el *tartuffo* y sus consecuencias cuando llegaron al pueblo abismal de Tropea.

Es abismal porque está en un acantilado, un precipicio a la playa, una playa con mar y olas, unas olas que rompen en la arena fina y blanca. Blanca como las rocas que sujetan las casas colgantes. Colgantes como las cabezas que se ven mirar por las ventanas de casas, hoteles y restaurantes. Bares y terrazas irrumpen en las aceras empedradas pisadas por miles de turistas en agosto. Siglos antes, ya sin piedras, se desgastaban las suelas los griegos y los romanos. Hércules estuvo aquí con sus argonautas. Escipión el Africano le dio el nombre. Fue su trofeo por ganar la gran batalla contra Cartago.

Ahora el padre, la madre y el bebé irrumpen en ella, en Tropea. A cada paso la historia les arropa. La historia, también culinaria, se adentra en su cuerpo, y su mirada cambia con el sabor de los alimentos. Están encantados, abrumados por los sabores y los colores.

La madre no ve más muerte, el padre mira la vida, la suya y la de su bebé. Juntos, los tres, se asoman desde el abismo al mar, al mediterráneo de paz. Pasan varios días. Se bañan, juegan, ríen, hablan, pero sobre todo piensan en ellos, nadan con la tranquilidad de no hundirse. Estaría el padre para salvar a la madre, y la madre para ayudar al padre, y los dos para poner más fácil la vida de su bebé.

El futuro les dio la razón y la madre se quedó sin el don. El que escribe la miró, mejor los miró, a los tres, cuando aterrizaron en España. Pregunté lo que habían visto, lo que habían visitado y los placeres que sintieron. La contestación fue positiva, se miraron, sonrieron con complicidad y solo así recibí la respuesta.

Palabras, cuentos
y personajes de México

PALABRAS

Una ducha para quitarse el calor, un día de playa en el trópico, un paraje inquietante, una temperatura asfixiante, un pedo al ras del ventilador, un país de infarto por descubrir, una carretera para avanzar con un fin. El tiempo parado hoy, un pasado de amistad con un hombre audaz, familiar, noble, honesto y leal. El pueblo coloreado nos hizo pensar, atar y estrechar al amigo nuevo, desde lo más alto, con el Pípila al costado y el viento azotando las palabras de los borrachos.

Un hijo posible o imposible, una pelea de gallos españoles y mexicanos. Cambio de rumbo, de orientación. Dejamos la 200, la carretera de la costa, para coger camino al interior. Kilómetros y horas de líneas perfectas con un mar verde. Aquí la modelo y la pacífico no se calientan con el ambiente. El baño, al lado de la barra, salpica gotas. El tequila calienta la garganta. Miles de tacos se adentran en nuestros estómagos: asada, pastor, adobada, buenísimo.

El tiempo no da tregua al viaje. La gasolina barata da fuerza al motor del Chevy para atravesar el altiplano mexicano. Morelia, Guanajuato, Pátzcuaro, volcanes, picos, bosques, campos...

Un mural en la pared del hotel me recuerda a una ciudad tranquila, hecha para que el corazón se abarrote de colores, para que tu enamorada te dé un beso gracioso en un callejón con pasado. Allí, en esa ciudad con sangrienta historia, unos mariachis cantan temas escuchados, la bandera de la nación sobrevuela y esparce sus cenizas con un único pecado y un único don.

Indígenas con pies descalzos y criollos encapuchados con artificios del liberalismo. Cubatas, relojes, *pizzas*, móviles y maquillaje se mezclan en las plazas, las calles y los andadores, compasivos unos, y campesinos otros.

Los mineros vivían aquí. Dejó de utilizarse el carbón y sus túneles aún se mantienen. Me imagino un aguacero rápido. Miles de litros de agua semicompacta estrellándose en el cristal del coche, pisamos el freno mientras giramos a la derecha, directos a la cuneta. Mientras, los rayos cruzan la bóveda del cielo y Café Tacvba no deja escuchar el trueno.

Creamos con la ayuda de nuestras extremidades, pero desde algún lugar de nuestro cerebro, ya sea por vivencias, creencias, visiones o alucinaciones, lo desarrollamos, y entre toda la maraña confusa, las ideas salen y deslumbran. Los materiales que propone la tierra son suficientes: aquí he visto madera, hierro, plata, telas, flores, piedra… Solo hace falta que nosotros los tratemos y creemos.

Con la palma abierta hacia la cara y levantando el brazo es como se expresan para dar las gracias o para dejar paso al cruzar la calle, por supuesto, después de eso, una sonrisa continua y sus ojos brillan a la par con los tuyos. En los pueblos mancomunados regalan la visita al médico, los peinados para la niña y el corte de cabello. Son mancomunidades dedicadas a la agricultura, la ganadería y la artesanía. El último pueblo del valle acaba en las más antiguas balsas de agua subterránea, aparece a la orilla del precipicio y desaparece también por él. Lleva tantos años manando junto con el sulfato que han creado una capa y otra hasta convertirse en piedra blanca agrietada. La visión global es una cascada de piedra o el agua congelada en un tiempo milenario.

Me sentí en el pueblo. Sentí olor a humo, aire limpio y fresco, la mirada en las montañas, que también son mías, el recuerdo perdido de años atrás.

Los días amanecen nublados, el desayuno nos lo tomamos entre la vegetación del patio interior, todas las viviendas lo tienen. Son de un solo piso, la luz entra. Se sabe que los españoles vivieron aquí. Son construcciones castellanas, manzanas y manzanas perfectamente ordenadas. En algún momento llegas a la plaza de armas con la catedral a un lado, el ayuntamiento al otro y el jardín en el centro. Así son las ciudades y los pueblos. Si te alejas del centro urbano encuentras los libramientos o circunvalaciones y mucho más caos.

Los días continúan mojados, con un ligero aire fresco. Paseamos, visitamos pueblos, cascadas, lagunas y casi Guatemala. Los únicos sabedores del volumen de agua que cae en estas tierras de trigo y maíz son los pies babosos, ellos aguantan como nada los trotes, tropiezos y deslizamientos. Ellos pisaron tierra del mar los primeros días de viaje, apretaron el acelerador para que viéramos las hermosas calas tropicales del Pacífico, decidieron perderse por el casco antiguo de Morelia, antigua Valladolid. Tocaron madera y tierra para la ascensión a las cataratas del Chiflón, aguantaron allí, otra vez, la lluvia para que de nuevo nuestros sentidos percibieron el coraje y la fuerza de la naturaleza.

Lo que tocamos al viajar son opiniones, tradiciones, culturas. Son formas de actuar, comportamientos, tratamientos, es biodiversidad, es historia, es humanidad. Al lanzarnos a la aventura existen muchos más pros que contras, debemos dejar atrás la comodidad de nuestros hogares, los sentimientos de miedo.

Nos bañamos en las profundidades de la tierra, en un agua clara y limpia, salida de manantiales. Un agujero que mira al cielo da luz natural a esa formación. Se llama cenote. Parece ser que en una época prehistórica cayeron aquí meteoritos que rompieron la superficie de la tierra y descubriendo la belleza del interior de nuestro mundo, esta barbaridad natural es impredecible en sus corrientes internas, cientos de canales hacen que los cenotes estén comunicados entre sí. Bañarse da una sensación de bienestar por horas y lo deseas para siempre.

Todo visto, volvemos. Los últimos cuatro días los pasamos relajados en un hotel de infarto en Tulum. Agua de mar, de alberca y de manantial tocaron nuestros pies. No solo ellas nos los tocaron, los mosquitos asesinos nos masacraron cuando entramos en las ciénagas. El agua del manantial del inframundo es fresca, cristalina y pura, la sensación de bienestar y de calma es inigualable. Es el inframundo porque es el paso o la puerta a la que los mayas se referían para entrar en la tierra madre. Si te pones las gafas de buceo y fumas un poco de hierba igual te lo crees.

Personajes

Profesor de Mérida

De nombre Francisco. Sentados en la plaza de armas nos pidió un cigarro hablando en inglés. Le dijimos que éramos españoles, y nos dio un abrazo. Era alto de unos cincuenta años, un buen frontal, moreno de piel y rellenito. A él no le pican los mosquitos porque es homosexual.

Nos introduce a la política mexicana, nos habla de sus aventuras en el Distrito Federal en pos de la lucha por las pasadas elecciones corruptas e ilegales; dos meses de manifestaciones en la plaza central dieron como resultado el doble recuento de los votos.

—Lanzadnos una balsa —gritaba Francisco.

No dormían ni comían, solo los alimentos que le ofrecía la gente le daban energía para seguir peleándose contra Bush, él quiso que ganara Calderón. México está controlado por los gringos. Estas afirmaciones las explicaba con hechos, no solo con palabras.

El tipo no sabía escuchar; solo hablaba él, y alguna vez Elena para pedirle explicaciones. Sentado con nosotros, pero inquieto, hacía oscilar el banco.

—¿Me das otro cigarrito? —pedía Francisco.

Habló de los vientos alisios, de las playas de arena blanca y del mar verdoso del Yucatán, de los cenotes abiertos en la tierra. También de Cancún y el frente abierto que tiene el gobierno contra los narcos. Nos dijo: «Si escuchas disparos, mejor agáchate y repta». De su familia, de por qué no le queda pensión. Fue una agradable plática. Era un hombre extraño, pero con México en el corazón.

El militar acalorado

Nos paró en la carretera un hombre grande, con cara redonda y chorretones de sudor. La carga de los aparejos y la metralleta casi no le dejaba hablar; el sol abrasador consumía su energía. Abrimos la ventana y el chorro de aire frío abrió la bocaza para pedir explicaciones. La pronunciación fue tan rápida que no le entendimos, casi no despegaba los labios y su voz era muy grave. Nos dejó ir, pero las risas tontas se engancharon a nuestros estómagos.

Nelson

Trabaja en el turno de noche de un hotel, pero la charla nos la dio en el desayuno. Es uruguayo, con bastantes años viviendo aquí, y comprende perfectamente la situación de desesperación que atraviesa el país. La mala postura que toman los gobiernos de turno hacia los indígenas. Nos explica el proyecto de los estadounidenses con México, lo tienen como otro estado más, están totalmente controlados y los elegidos por Bush son los que ahora gobiernan el país.

Los negocios solo funcionan del modo piramidal y con una característica común: el jefe o licenciado es blanquito o criollo; los que están en medio son criollos-indígenas, pero con un buen aspecto físico y los de abajo, en el mejor de los casos, son indígenas, pero de piel tersa y poco oscura. El racismo se extiende descaradamente y no hay forma en este momento de que cambie.

Gringos en Cancún

Este estudio humano de lo descabellado, horroroso y ajeno a la persona, pero cercano al animal, lo manejamos en la zona hotelera de Cancún. Nosotros experimentamos esa sensación y observamos de primera mano el caos mental que sufre la primera potencia mundial. El *all inclusive* les hace volver a los orígenes del hombre, no digo al *Homo sapiens*, me refiero al neandertal. No tienen ningún tipo de sentimiento de culpa, de vergüenza, de decoro o de educación.

De culpa, por el trato vejatorio que usan con el personal. De vergüenza, por el desposarse enjaulados y a la mirada de extraños riéndose en sus caras, sin valor sentimental. De decoro, por el despelote en una piscina pública: carnes, chichas y pelos púbicos buceando, ni uno de todos ellos fue capaz de salir a mear fuera del agua. Y de educación al balbucear mil y una palabras groseras.

Nos dicen, los que realmente se merecen ganar el dineral, que esta mierda de turismo produce, que hace 35 años este lugar era inhóspito, todo selva; solo había serpientes y lagartos. Y pensándolo bien, se ha transformado en un lugar de gusanos, cerdos y muñecas de gominola.

Arjona estaba en lo cierto en su tema *Si el norte fuera el sur,* pero se equivoca en algo: el sur ya es el norte, al menos en este punto de miseria del hombre moderno.

CUENTOS

La mujer cucaracha

Vivía en la orilla del mar. Los atardeceres los pasaba mirando el romper verdoso de las olas, su color esperanza. Regentaba un hotel decadente hoy, pero vibrante en el pasado. Sentada en la silla de madera aguardaba el paso de algún turista. Sus ojos eran especiales, se ennegrecían, en las bolsas se le acumulaban huevas infectadas provenientes de la arena fina de la playa, el viento al soplar las transportaba a sus ojos y estos las acumulaban. No podía cerrar los párpados y los microbios se le enganchaban, así, poco a poco, sus bolsas se hacían más grandes.

Los doctores intentaron convencerla, pero la gorda mujer cucaracha sabía desde muy pequeña cómo deshacerse de los insectos más grandes para dejar hueco a los próximos. Su método era apretar en la bolsa con el dedo meñique y despacito el bicho se deslizaba por el globo ocular hasta caer.

Al principio los mataba, después intentó conservarlos metiéndolos en cajas, pero morían. Eran sus únicos compañeros. Nadie se acercaba a ella. Se sentía sola y averiguó su destino: cuidarlos.

El hotel se llenó de cucarachas y cada vez eran menos los turistas que dormían allí. Al cumplir los cincuenta años, una pariente suya, interesada en heredar el hotel a su muerte, la invitó a pasar unos días en Chiapa de Corzo, para hacer el recorrido en lancha por el Cañón del Sumidero. Solo había salido del pueblo para hacerse pruebas en sus ojos, y decidió que iría.

Montaron en la lancha con Pancho, capitán experto, y más turistas. Les mostró en una mañana de niebla baja el ecosistema del Parque Nacional. Observó clases de aves nunca vistas, vegetación extraordinaria, y lo que más le impresionó fue el cocodrilo. Al parecer se quedó petrificada, conmovida y apesadumbrada al mismo tiempo. El criar insectos le gustaba, pero la idea de tener un cocodrilo para ella, poder ser su madre, le corrió por la venas y le llegó al corazón.

No aguantaba a las personas, las odiaba por no comprenderlas. Ella tenía un don, y en el mismo momento que su prima la oprimía con palabras, se tiró de la lancha. Pancho frenó y todos miraron al agua, pero solo flotaban pedazos de madera podrida. Desapareció cerca de la orilla, en una pared de piedra.

La búsqueda del cuerpo, con tan poca visibilidad por la niebla, era difícil. El tiempo mejoró tres días después, y muy temprano al cuarto día los servicios de emergencia siguieron drenando el río. Pancho dirigía la expedición, comenzando siempre en el punto dónde la vio desaparecer. Ese día la visibilidad era perfecta y, llegando al lugar, estaba anclada en la pared de piedra una majestuosa catarata de cien metros que resbalaba hacia la superficie del río. El perfil del musgo, creado de la nada, formaba un cuerpo gordo y, desde debajo de lo que parecían dos ojos, el agua manaba, para que antes de encontrar su fin se transformara en millares de mariposas.

La niña de rojo

Nos perdimos, nos encontramos.

La niña en su bici vieja, a cada media pedalada el otro pie al suelo, el terreno no la deja continuar, está embarrado. Lleva zapatos negros, es delgada y viste un vestido rojo con encajes blancos en las hombreras, pudo ser de su bisabuela. La vemos de espaldas atravesando un maizal listo para su recolección. Sigue intentando avanzar. Los pavos gordos pisotean la tierra alrededor de la casa de madera destartalada. La niña no gira la cabeza al escuchar el motor, el pelo se mece con la brisa. Adiós niña.

Hacer «el Palermo»

Pasea esquivando, no mires hacia atrás. Intenta que ese sentido tan ocupado en tu viaje se dirija hacia delante, busca posibles obstáculos, no te dará tiempo a otra cosa. Los coches, las motocicletas, los autobuses son autosuficientes, no los conducen personas, parecen guiados por un ser que juega con los humanos, un extraterrestre que se divierte como un niño y sus juguetes en las baldosas de su casa.

El inhumano aparca para joder el paso a los peatones, las aceras las convierte en áreas de servicio, sus manos invisibles actúan para menearnos a su antojo.

Quéjate y desespérate, insulta y desgañítate, no servirá de nada. Es increíble que el estrés no exista, han superado esa barrera que limita la capacidad de nuestro cerebro, para ellos es normal, las cosas son así.

El día pasa y has visto muertos vivos, sus vísceras, sus órganos. Su sangre derramada dos siglos atrás crea una baba inmunda que recorre todas las calles; los excrementos de animales y de personas no se mueven, no se limpian, no se recogen. Así, los muertos se divierten, practican a sus anchas el campismo y, con un poco de viento, renacen para subir al cielo, pero a los dos segundos se desploman y vuelven a morir, desesperados, para nunca descansar en paz.

Quieren dejar de servir al turista, dejar de ser fotografiados.

Además del horrible tráfico, de la macabra experiencia de ver cientos de cadáveres y de la poca ética de las personas, encuentras un centro histórico descompuesto, alicaído y manteniéndose gracias a su historia abrumadora de civilizaciones. No hay culpa en la destrucción, pues esta viene de la mano de catástrofes naturales: la tierra tiembla bajo Palermo creando una perspectiva incierta. El vivir día a día que todos intentamos para ellos se convierte en tradición inculcada desde el nacimiento. Los habitantes de Palermo están defraudados y sin ánimos, no esperan que pueda haber un cambio en el gobierno ni de mentalidad. La burocracia se mete en todo.

Los viajeros, al entrar a Palermo, notarán el caos y se convertirán en caos. Esto no es malo; al contrario, es muy divertido hacer «el Palermo».

Crítica a Xi'an

Ciudad enorme, abarrotada, tenebrosa por sus humos salidos del subsuelo. La niebla aparece y desaparece sin monotonía. Avenidas enormes cruzan la ciudad apartando los antiguos barrios, disgregándolos. Mazacotes de cemento abren sus puertas al comercio puro y duro. Fotos de chicas y chicos orientales europeizados atraen al comprador abrumado.

Lo *fashion,* el movimiento, la velocidad, las sombras, el bullicio, el ruido, los neones… han contribuido a la desaparición de la cultura antigua, esa cultura que tanto atrae al viajero. La arquitectura, la caligrafía, la música y la filosofía han sido reemplazadas por el capitalismo poderoso. El personaje con bienes mercadea corriendo para no dejarte pensar ni opinar.

La campana de la torre, del mismo nombre, debió sonar con mucha fuerza y estremecer a los altos mandos para dejarla intacta. Está acorralada en una plaza, Los automóviles son sus rejas y el asfalto es la lava del joven volcán del liberalismo. La Torre de la Campana perdura con el mismo esfuerzo que su muralla, casi original.

La nebulosa del ambiente hace de Xi'an una ciudad malhumorada, sin ningún gusto y repugnante. El ambiente transforma a la gente. Los hace lejanos, fríos y muy diferentes a los de otras ciudades y pueblos de China que llegué a conocer, son más oscuros, la mirada es sucia y perversa.

La noche está diseñada para el burgués. Hay locales de encuentro con teléfonos en las mesas para comunicarte con tus futuras conquistas, discotecas espectaculares con varias salas temáticas: área de masajes, zona vip con sillones, barra, televisión e hilo musical.

Al final, una seductora sorpresa, andas y encuentras. Existe un espacio de tranquilidad y arte en esta horrible ciudad. Agotado del tráfico y el ruido, busqué un lugar para tomar un refrigerio y, zas, un mercado de arte; calles repletas de pinturas, esculturas e instrumentos musicales. Un barrio clásico con arquitectura popular para dejarte llevar. Gracias por tus soldados, Xi'an, y por nada más.

Índice